新 潮 文 庫

サ ヴ ァ イ ヴ

近 藤 史 恵 著

新 潮 社 版

9975

目次

サヴァイヴ

老ビプネンの腹の中

その電話がかかってきたのは、パリのホテルでの取材が終わったときだった。

ぼくを取材したいと言ってきたのは、日本の若い男性向けのファッション誌だった。自転車専門誌の取材はよく受けるから、記者なども顔見知りだ。

だが、専門誌以外の取材は珍しい。ぼくが住んでいるのはアミアンという、フランス北部の町で、パリからは在来線の急行で約一時間十分だ。オフの日で、取材の申し出があれば、出ていくのも苦にはならない。フランスに移り住んで四ヵ月、まだパリは珍しく、観光客気分で楽しい。

しかも都会だ。日本の食材を売る店があり、びっくりするほどなんでも揃《そろ》うから、食べたいものを買って帰ってくることもできる。日本で食べるのと変わらない味のラーメン屋や、讃岐《さぬき》うどんの店もある。ぼくはうきうきと、パリに向かう列車に乗り込んだ。

だが、その結果は憂鬱《ゆううつ》なものだった。

取材に現れた田辺という、ぼくと同い年のフリーライターは、ロードレースのことなどなにも知らなかった。もちろん、ぼく——白石誓《しらいしちかう》という選手のことも、取材にあたってはじめて知ったようだった。

普段はグルメ関係の記事などを書いていると、彼は自己紹介した。フランス語ができて、たまたま他の取材でパリにきているから、ついでにぼくを取材するように頼まれたのだとはっきり言った。

いや、ぼくのことをはじめて知ったというのは別にかまわない。だが、彼の頭の中にはぼくと会う前から、どんな記事にするかという青写真ができているようだった。

日本を出てヨーロッパに渡ったが、思うように成績が上げられず、苦悩しているアスリート。それが彼の頭の中にすでにできあがっているイメージだった。

もうひとつ、彼は取材対象を刺激することで本音が引き出せる、と、考えているタイプのライターだった。こういうジャーナリストはヨーロッパにもたくさんいる。こっちが不快な気持ちになる質問を次から次へとぶつけてくるくせに、インタビューが終われば嘘《うそ》みたいな笑顔で、握手を求めてくるのだ。

もともとぼくは、感情の起伏が激しいほうではないし、それが彼らの仕事のやり方だというのなら、許容することはできる。

だが、疲れる。正直なところ、ひどく疲れる。

なぜ、勝つことができないのか、どこに原因があると自分では思うのか、と、何度も聞かれた。

自分の勝ちを目指すことだけが自転車ロードレース選手の目標ではない。ロードレースは団体競技で、たったひとりのエースを勝たせることが大事だ。

以前いた、スペインのコンチネンタル・プロチームではそれなりに仕事ができたと思っている。ブエルタ・ア・エスパーニャでも長時間逃げ、ステージこそは取れなかったが、そのステージで五位に入った。そこそこのクラスのレースで、山岳賞を取ったこともある。

そしてなにより、そのときのエースのために献身的に働いた。もちろんもっと上があり、それを目指すことが大事だとは知っているが、非難されるような仕事はしていない。だからこそ、今年は格上のチームであるパート・ピカルディに移籍できたのだ。

だが、田辺にはロードレースがチーム競技である認識もないようだった。そこを説明しようとすると、彼はにやりと笑ってこう言った。

「ああ、白石さんはそう考えているわけですね」

まるでぼくが、「勝てない言い訳」をしているかのように考えているみたいだった。

ほかにも、「そうは言っても、結果がすべてでしょう」とか、「ヨーロッパの選手たちにあって、あなたに欠けているものはなんですか？」とか、ぼくの神経を苛立《いらだ》たせるようなことばをたくさん口にした。

約束の一時間が終わったときには、さっさとここを出ていきたい気分になっていた。普段なら日本人と日本語で話ができるのは、それだけで楽しいことなのに。

まだ話し続けようとする田辺に、「時間がきたので」とぴしゃりと言って、ソファから立ち上がろうとしたとき、携帯電話が鳴った。液晶画面を見て、不審に思った。以前のチームメイトであるマルケスからだった。彼も今は移籍して、エスパス・テレコムというプロチームにいる。頭をスペイン語に切り換えて、ぼくは電話に出た。

「もしもし？」

こっちにきてからスペイン語を使う機会は減ったから、自分の口から出る"¿diga-me?"という響きすら少し懐《なつ》かしい。

「ああ、チカか？」

いつも陽気なマルケスの声が曇っているように聞こえた。どうしたんだ？　と尋ねる前に彼が言った。

「フェルナンデスが死んだという知らせがあった」

こういう電話を受けるときはいつも同じだ。まるで冷たい水に手をつけたように、最初は驚きだけがある。

びくり、と飛《と》び退《すさ》ったあと、やっと自分の手が冷たくなっていることに気づくのだ。

「……なんで？」

フェルナンデスは、同じく、ぼくらの前のチームメイトだった。まだ三十になったばかりだし、持病があったわけではない。

「わからない。でも、パリのホテルで冷たくなっているところを発見されたらしい。彼の妻のマリアもパリに向かっているが、今日の飛行機の切符が取れないらしいんだ。キャンセル待ちをしているが、明日になるかもしれない」

「ああ」

マルケスはフェルナンデスと仲が良く、家族ぐるみのつきあいをしていたことを思い出す。

「もし、チカが時間があるのなら、警察に遺体を確認に行ってくれないか。たぶんマリアが到着するより早い。俺はフェルナンデスじゃないと思うんだ。彼の身分証を盗んだ、こそ泥じゃないかと思っている。もし、そうならマリアも安心する」

「今パリにいるんだ。その警察の場所を教えてくれ」

「そうか、よかった」

よかったと言っていいのかどうかわからない。もし、その遺体がフェルナンデスではなく、良い知らせを彼の奥さんに伝えられるのならいいのだが。

ぼくはコースターの裏に、素早くメモを取った。

「ちょうど用事も終わったところだ。これからすぐに向かうよ。それでわかったら電話する」

「ああ、頼む」

ぼくは電話を切ると、携帯電話をジーンズの後ろポケットにしまった。

「すみません。急用ができたんで、これで」

だが、田辺は好奇心が張り付いたような顔で、身を乗り出してきた。

「今、警察がどうとか言ってませんでしたか？　なにかあったんですか？」

「プライベートのことです」

苦々しく思いながら答えた。スペイン語もわかるのか、それともフランス語と似ていることばだから理解できたのか。

「プライベートで、警察ですか。へぇえ」

無視して立ち上がると、彼はそのまま後を追ってきた。

「逃げないでくださいよ。一緒に行っていいですか？」

「人からの頼まれごとなんです。あなたには関係ない」

「パリの警察がどんなのか知りたいんですよ。たぶん、白石さんよりフランス語は堪能《たんのう》ですよ」

ぼくはそのまま、回転ドアをくぐり抜けた。ちょうど停まっていたタクシーに乗り、目的地の警察の場所を告げる。

さすがに田辺も、無理にタクシーに同乗しようとはしなかった。運転席のバックミラーに、ホテルの車寄せで立ち尽くしている彼が見えた。

案内されたのは、地下のひんやりとした部屋だった。死体安置室なのだろう。中央の高すぎるベッドに、見慣れた男が横たわっている。部屋に入ってすぐに気づいた。マルケスにいい知らせは送れそうにない。

ぼくは言った。

「彼です」

セ・リュイというその表現が、こういうときに正しいかどうかはわからない。語学の習得は経験とその積み重ねで、そういう意味ではこんなシチュエーションなど経験したことがない。

警察官は、それでも満足そうに頷《うなず》いた。意味は伝わったのだろう。

ベッドに横たわっているのは、間違いなくフェルナンデスだった。四角い、いかつい顔と、筋肉の張った肩を、ぼくはよく知っている。

彼は生前より静かだった。ホテルで同室になったことも何度もあるから、寝顔も見ている。

だが、こんなに静かな彼を見たことはなかった。

青白い皮膚は蠟細工《ろうざいく》のようにすら見える。無精髭《ぶしょうひげ》もまるで作り物みたいだ。

ぼくは警察官に尋ねた。

「いったい、どうして……」

「まだ解剖してみなければわからない。だが、ドラッグだろうと医師は言っている」

ぼくが驚かないのを確認して、警察官は尋ねた。

「彼が常習者だと知っていた？」

「わからない。でも、だれかがそう言っていたのを聞いたことはある」

そのときは、そんなことは信用しなかった。信用したくなかったのだろう。

「彼の身内はいつ頃着く？」

「飛行機のキャンセルが出れば今夜中にも。でなければ明日になる」

警察の廊下で、ぼくはマルケスに電話をかけた。

「どうだった？」

希望の滲《にじ》んだ声で、マルケスがそう尋ねる。その希望を打ち砕きたくはないのに、ぼくはこう答えるしかない。

「彼だったよ。残念だけど」

「そうか……」

マルケスが声を詰まらせた。しばらく沈黙が続いた。

彼はフェルナンデスの死因を尋ねようとはしなかった。見当がついているのかもしれない。

「嫌な役目を押しつけて悪かったな」

「それはかまわないよ。葬儀には……」

行くつもりだ、と言いかけて、ぼくはそのことばを飲み込んだ。

今週末は、パリ・ルーベがある。ワンデーレースの最高峰とも言えるレースで、スタートリストにはぼくの名が記されている。

もし、葬儀が週末にかかるのなら、ぼくは行けない。

「また詳しいことが決まったら、連絡するよ」

「ああ」

乾いた声で、返事をして電話を切った。

全身が鉛に変わってしまったかのように重かった。三週間のグランツールを走り終えたあとでも、こんなに疲れ切ったことはない。

マリアを待とうかと思ったが、もし明日の朝になるようなら、ここで夜明かしをしなければならない。さすがにそれはきつかった。

ぼくは安置室の前に立ち、彼に手を合わせた。

少しでも彼の魂が安らかであるようにと祈りながら。

フェルナンデスは将来を期待された選手だった。

二十四歳で、プロチームに入ったばかりの時にブエルタのステージ優勝をあげて、将来はインデュラインに匹敵する選手になる、と語られたこともあったらしい。

だが、怪我《けが》が多く、思うように成績は伸びなかった。けんかっ早い性格のせいで、ジャーナリストやフォトグラファーとやり合うことも多く、メディアからも好意的には書かれなかった。

ぼくが彼と出会ったのは、三年前、ツール・ド・ジャポンという日本のレースに、彼が来日したときだ。

そのとき、すでに彼は、サントス・カンタンのエースだった。まるで雲の上の人のように思えて、喋《しゃべ》るだけで緊張した。

まさか、そのときには翌年から同じチームで走るようになるとは想像もできなかった。

同じチームで走ったのは二年、だがその間もフェルナンデスは、充分な勝利を挙げたとは言えない。たまに、小さなレースで勝つことはあったが、それだけだ。

当時のチームには、もうひとり、ペロスというエースがいた。彼の成績も決していいものではなかったが、ペロスはすでに三十代半ばを過ぎていた。ピークを過ぎた選手が衰えていくのは自然なことだ。

だが、フェルナンデスは違う。まだ三十にもならないうちから、彼は枯れ始めていた。

若い頃、もてはやされただけに、思うように成績がでないことは苦しかっただろう。そばにいて、それはよくわかった。

だが、それでも彼はいつも笑っていた。

笑っていたのだ。

フェルナンデスの死のニュースがネットにでたのは、その二日後だった。

いくらニュースが早いといってもこんなものだ。だが、ジャーナリストたちは、ぼくたち、身近にいた人間が知らなかったことを掘り出すのもうまい。

ただでさえ、薬物の過剰摂取というのはセンセーショナルな死因だ。心臓発作とはわけが違う。

新聞はおもしろおかしく、彼のこれまでの人生を描き出してみせる。

マリアが、彼の三人目の妻だったなんて話も、ぼくは知らなかった。過去の二回の離婚のことや、前のチームとのトラブルなど、今回の死に関係のないことまで新聞は暴《あば》き立てる。

だが、そんな記事は少しも彼の真実の姿を描いていない。一見無愛想だが、親しくなると冗談が好きで、子供っぽい悪戯《いたずら》をチームメイトに仕掛けて笑う、そんな彼の姿などどこにもない。

自殺と決めつけるような論調の記事もあった。遺書があったわけでもなく、身辺整理をしていたわけでもない。それでも「疑いがある」というだけで、彼らにとっては充分なのだろう。

田辺からはニュースがでてすぐに電話があった。

「ひどいですよ。白石さん」

なぜ責められるのかわからず、戸惑っていると彼は続けていった。

「あの日、警察に行ったのは、例の死んだ選手の件でしょう。一緒に連れていってくれたら、スクープが取れたのに」

「例の死んだ選手」ということばを聞いて、一瞬頭に血が上った。深呼吸をして気持ちを落ち着ける。ここで彼と喧嘩《けんか》をしてもなんにもならない。

「日本では、自転車ファンでなければ知らない選手ですよ。それにあなたの雑誌はそんなゴシップには無縁でしょう」

「ぼくはフリーですからね。ほかにもつきあいのある雑誌や新聞もあります。もっと食い下がるんだった」

「それだけですか？　用があるんで切りますよ」

わざと冷たく言ったが、彼はぼくの声など気にせずに話し続ける。

「あ、今週末のパリ・ルーベ見に行きますよ。こっちの知人の紹介で、プレス用パスを入手できたんです」

「ああ、そうですか」

それだけ言って電話を切ろうとすると、彼の笑いを含んだ声が言った。

「白石さんの優勝を日本人として楽しみにしていますよ」

ぼくは通話を切って、ケータイを投げ出した。

彼にはパリ・ルーベというものがわかっていない。

ぼくが勝てる確率など、ゼロに等しい。


パリ・ルーベ。

クラシックの女王、ワンデーレースの最高峰、いろんな通称があるが、もっとも有名で、このレースの特色を言い当てているのは、この名称だろう。

北の地獄。

パリから、フランス北部のルーベまで二百六十キロの道のりを走る。距離自体は、クラシックとしては飛び抜けて長いわけではない。問題なのはそのコースだ。

コースの中には、全部で三十近いパヴェという石畳区間がある。総距離は五十キロ前後。ただでさえ石畳は走りにくいものだが、このレースのパヴェは、都心のよく整備された石畳とはわけが違うのだ。

通常のレースの定石も、戦略も通用しない。集団コントロールなどまったく意味がない。強く、そして幸運なものだけが完走でき、そして勝つ。そんな過酷なレースだ。

これまでは、スペインのチームにいたから、このレースを走ったことなどなかった。だが、今年から移籍したパート・ピカルディはまさにフランス北部を本拠地としていて、このパリ・ルーベにも力を注いでいる。

パート・ピカルディのエース、フィンランド人のミッコ・コルホネンは一昨年《おととし》、このレースで勝利している。もともと、タイムトライアルを得意とし、グランツールでも総合優勝が狙《ねら》える実力のある選手だが、大柄な体格を利用した力業のような走りで、このレースにも強さを発揮している。

移籍したばかりのぼくが、こんな重要なレースに出させてもらえるとは思わなかった。今までに何度もテレビで興奮しながら観戦した。

フェルナンデスの葬儀に出席できないというアクシデントさえなければ、このレースに出られることはうれしいはずの出来事だった。

ミッコ・コルホネンとも、今回、はじめて同じレースを走る。

初対面というわけではない。レースで顔を合わせたことはあるし、彼はスター選手なのに、極東からきたアジア人に気さくに声をかけてくれた。それからは、会えば二言、三言くらいは会話する仲になっている。

だが、チームメイトとして同じレースを走るというのは、また全然違う。

いくら、パリ・ルーベが独特のレースで、普通のレースよりもアシストの働きは重要ではない——というよりも過酷すぎて、アシストが出る幕がない——としても、要所要所ではミッコを助けなければならない。

しかも、今回はホテルの部屋割りが同室で、少し緊張する。

レースの二日前、ぼくたちは試走をするために現地に集合した。前日に雨が少し降ったが、その日は快晴だった。四月の北フランスはまだ肌寒いが、それでも春の気配がそこかしこに感じられた。

フェルナンデスのことはみんな知っていた。ぼくがチームメイトだったことも知られていて、だれもがぼくの顔を見ると痛ましげにためいきをついた。

だれもが、「苦しかっただろうな」と言った。「いいやつだったのに」とも。

才能を期待され、将来を嘱望されながら、怪我やアクシデントで思うように結果が出ない。サントス・カンタンの契約はあと一年残っていたが、そのあとどうなるかはわからない。

彼の成績では格上のチームと契約することは難しかっただろう。もともとそういう働きを期待されていないのだから当然だが、アシストとしての仕事もうまくこなせていなかった。

彼がなにかに逃げ場を求めたくなる気持ちもよくわかる。ヨーロッパでは、日本と比べものにならないほど、ドラッグの入手が簡単だ。パーティで、マリファナ煙草《たばこ》をまわしている光景を見ることは、日常茶飯事だったし、クラックを吸引しているところも見たことがある。

フェルナンデスの死因は、まさにそのクラック――コカインの過剰摂取によるものだった。事件性はない、というのが警察の発表だ。

選手やスタッフたちとフェルナンデスの死について話はしたが、なぜか彼の遺体を確認したのがぼくだという話はだれにもしなかった。あまり気分のいい話ではないというのも理由のひとつだが、なによりぼく自身思い出すのがつらかった。

パリ・ルーベに使う自転車は、普通のロードバイクではない。本当はマウンテンバイクを使ったほうがいいくらい、荒れた道を走るのだ。普段よりも太いスポークやタイヤを使い、ブレーキもマウンテンバイク用のカンチブレーキを使用する。ロードバイク用のブレーキでは、砂や小石が入り込んで、きかなくなってしまう可能性がある。

知識としては知っていたが、実際にその自転車に跨《また》がってみると、違和感は想像していたよりも大きかった。

だが、本当にショックを受けたのは、コースに出てからだ。

——こんな道を走るのか……?

舗装された部分も少しはあるが、ほとんど、砂や土がそのままのオフロードだった。

しかも道幅も狭く、ロードレースで使用するようなコースではない。石畳最初のパヴェに差し掛かったときも驚いた。今まで知っている石畳ではない。石畳ということばで想像するものとは、まったく違う。

土の中に直接埋められた石が、ドリルのような振動となって身体《からだ》と自転車を襲う。内臓が口から飛び出しそうだった。しかも、昨日の雨で道はぬかるんでいる。あっという間に尻《しり》や足が泥はねで汚れた。顔にまで泥が散った。

石はまったく平らではない。長年雨風に晒《さら》されて、尖《とが》ったものや欠けたものがあちこちにある。

パンクも起こるだろうし、こんなところで落車すれば大怪我をすることもある。

またこのレースの恐ろしさは、一度の失敗ですべてが終わることだ。

普通ならば、レースの中盤くらいまでは落車しても、パンクしてもすぐリカバリできる。怪我さえしていなければ、自転車が壊れたって新しい自転車に替えて走り出せばいいのだ。

だが、パリ・ルーベは過酷すぎて、一度集団から脱落した者はもう二度と戻ることができない。たった一度の落車すら許されないのだ。

北の地獄。まさにそのことばの意味を嚙《か》みしめる。

ぼくの動揺に気づいたのか、横を走っていたミッコが笑った。

「まだ驚くのは早い。ここはカテゴリでいえば、まだ三だ」

パヴェはその過酷さによって、五つのカテゴリに分けられる。もっとも過酷なアランベールは五つ星だ。

八人で走ってすら、これほど恐ろしいのだ。実際にレースとなり、二百人近くが同じコースを走ることを思えば、身体の芯《しん》が冷えるような気がした。ほんの少しの不注意が大惨事につながる。

恐怖感には強いほうだと思っていた。だからこそ、下りで実力を発揮できるのだと。

だが、はっきりと感じた。

このレースは恐ろしい。ほかのレースとはまるで違う。


夜中にいきなり飛び起きた。

なにか重苦しい夢を見ていた気がした。毛布を引き寄せてためいきをつく。時計に目をやると、時刻は三時前を指していた。

「うなされていたぞ」

いきなり声をかけられて、ぼくは驚いて振り返った。ミッコが寝転んだまま、こちらを見ていた。

「すみません。起こしてしまいましたか?」

「いや、少し前から目が覚めていた」

枕元《まくらもと》に置いてあったミネラルウォーターを口に運ぶ。ぬるい水を少し飲んで、ペットボトルのキャップを閉めたとき、急にさっきまで見ていた夢を思い出した。

夢の中で、ぼくはフェルナンデスだった。

出口のない不安で、押しつぶされそうだった。どうすればここから抜けられるのか、必死で光を探していた。見つけたと思ってはまた絶望し、またなんとか這《は》い上がろうとする。それを繰り返すうち、次第に心は絶望に馴染《なじ》んでいく。絶望が着慣れた服のようになっていく。そうなれば、もう脱ぐことすら難しかった。

気がつけば、両手で顔を覆《おお》っていた。喉《のど》が震えた。

彼のようにならないという保証はなにもない。彼の不安は、そのままぼくの不安だった。彼ほど華々しい才能があったわけではない。いつまでこの場で走れるかもわからない。今、このチームとの契約があることも夢のようだ。

たとえ、今、調子がよく、立派な成績を残せていたとしても明日のことはわからない。怪我をして走れなくなってしまうかもしれないのだ。

「どうすれば……」

「ん？」

「どうすれば、フェルナンデスは死なずにすんだのだろう……」

ドラッグに手を出さなければよかった。そう言うのは簡単だ。だがそれでも、この不安から逃れられるわけではない。

ミッコが寝転んだまま言った。

「フィンランドにはカレワラという神話があるんだ。主人公はワイナミョイネンという老人だ」

ふいになにを言いだしたのだろう。そう思いながらぼくは彼の話を聞いた。

「貴重な呪文《じゅもん》を手に入れるために、ワイナミョイネンは老ビプネンという巨人の神様のところに赴く。だが、足が滑ってビプネンに飲み込まれてしまうんだ」

フィンランド語の固有名詞はおもしろい響きをしている。きっと日本語の響きも他の国の人々にはおもしろく聞こえるのだろう。

ミッコは少し笑いを含んだ声で話を続けた。

「俺はときどき思う。まるでビプネンの腹の中にいるみたいだって」

なにか、得体の知れない大きなものに飲み込まれている。その感覚はひどくリアルだった。

「もちろん、目的はレースで勝つことだ。でもそれは本当の目標じゃない。いちばん大事なのは生き延びることだ。このビプネンの腹の中で。生き延びて、そしていつか時がきたらここから脱出する。勝つのもそのための手段だ」

生き延びること。その声はそのままぼくの心に響いた。

もちろん自転車レースのことは愛している。ここが巨人の腹の中なら、ぼくは望んでそこに身を投げた。

それでも生き延びること。この過酷な日々の中で。

フェルナンデスは不幸にも生き延びることができなかった。だが、それでもぼくたちは生きなければならない。

そういえば、日本にも一寸法師の話がある。鬼の腹の中で戦い、そして脱出した。

ぼくはミッコに尋ねた。

「その、ワイ……」

「ワイナミョイネン」

「彼は、どうやって脱出した」

ミッコはくるりと寝返りを打った。

「鍛冶屋《かじや》のふりをして、ビプネンの体内で鍛冶仕事をした。あまりの熱さと痛さに、たまらずビプネンは、ワイナミョイネンを吐き出したというわけだ」

「頭がいいね」

「まあ、英雄だからな」

ぼくたちは、生き延びることができるだろうか。そのワイナミョイネンのように。


レースの日、朝から雨が降った。

ミッコは窓から外を見ながらにやりと笑った。

「これは今日はえらいことになりそうだぞ」

そう言いながら、その声にはうれしそうな響きがあって、ぼくは心から思う。

自転車選手はそのくらいじゃないとやっていけない。

ジャージに袖《そで》を通しながら考える。これからぼくたちは地獄へと赴く。地獄ならば、生き延びることをいちばんに考えればいい。

「チカ、目標は？」

そう尋ねられてぼくは笑った。

「とりあえず完走かな」

今回はそれができれば充分すぎるほどだ。もともと、このレースの完走者は半分にも満たない。全員が一流のプロ選手であるのに、だ。

もちろん、ミッコは優勝を狙《ねら》っているだろう。強靱《きょうじん》な肉体と精神を持つ者には、その資格がある。

スタート場所には二百人近い選手たちが集まっていた。

もちろん、このくらいの人数が出場するレースはなにも珍しくはない。だが、スタート地点は、今まで出場したどのレースとも違う、異様な興奮と緊張に包まれていた。

やはり、このレースは特別なのだろう。

スタートフラッグが振られ、ぼくたちは走り出した。

最初の百キロほどは、パヴェ区間はない。舗装路ばかりではないし、それでもハードなことには変わりはないが、後半のコースを考えれば天国のようなものだ。

速度は決して遅くない。むしろ、最初からこんなにハイペースで大丈夫なのかと不安になるほどだ。

大丈夫でないものは脱落していくだけで、残れた人間だけが勝利に手を伸ばすことができるのだ。

ぼくも必死で前方に食らいつく。

ほかのレースならば、後方で体力を温存するという選択肢があるが、パリ・ルーベでは、それはできない。

パヴェ区間に入ってしまえば、追い抜きはほとんど不可能である。そこまでの位置取りが明暗を分ける。

また落車が起こりやすいレースでもあるから、落車に巻き込まれるのを避けるという意味もある。

雨脚が少しずつ強くなっていく。ぼくはサングラスについた水滴を、グローブで軽く拭《ぬぐ》った。これから本当の地獄がはじまる。

スタートしてから二時間。まだコースは半分にも達してないというのに、リタイアの知らせがどんどん入ってくる。今年は雨のせいか、特に多いらしい。

パート・ピカルディも、八人いた選手がすでに半分の四人になっていた。

無理もない、と思う。ウインドブレーカーの中でジャージが蒸れたようになって気持ちが悪いし、前の自転車が跳ね上げる泥で、顔も髪もどろどろに汚れている。開いた口の中にも泥が飛び込んでくるから、どんな細菌が身体に入っているのかわからない。

それでもなぜか、ぼくの気持ちは高揚していた。まるで痛めつけられるのを喜ぶように。

試走の時の恐怖感はすでになかった。

フェルナンデスの顔を何度も思い出す。

彼がもし、今このレースを走れるのなら、感じるのは恐怖ではなく、歓喜だろう。身体の痛みも、不快感も、すべて生きている証《あかし》だ。楽でいたいのなら自転車選手などになっていない。

彼はもう走れない。だから、走れるぼくが恐怖に駆られているわけにはいかないのだ。

ここは地獄だ。だが、ぼくたちは望んで地獄に身を投げ出した。

最初のパヴェ区間が近づいてくる。集団に緊張感が高まっていく。

パヴェ区間には、ほかの場所よりもあきらかに多くの観客が集っている。強敵と戦う選手の姿を、すぐそばで観戦するためだ。

難易度が高ければ高いほど、過酷であれば過酷であるほど、人々は熱狂する。

パヴェ区間に入る。自転車は急に、激しい振動の中に投げ出された。ぼくはハンドルバーを強く握りしめた。

ここからは、百六十キロの間に五十キロ以上のパヴェ区間がある。つまりは、三分の一がハードな石畳なのだ。

嫌な感覚が、タイヤから伝わってくる。パンクだ。

手をあげて、チームカーにパンクを伝えようとしたとき、隣にいたミッコが叫んだ。

「そのまま走れ！」

そんな無茶な、と思ったが、彼は続けた。

「パヴェ区間でのタイヤ交換は難しい。なんとかパヴェが終わるまで耐えろ！」

ぼくは仕方なく、力任せにペダルを踏み込んだ。

パンクした自転車の乗り心地は最悪で、振動がよりダイレクトに尻《しり》に響く。

なんとか、石畳区間を走り抜けて、チームカーにタイヤ交換を頼んだ。

自転車を下りて待っている数十秒の間も、身体《からだ》が振動し続けている気がした。

タイヤ交換が終わると、ぼくの背中を押しながらメカニックが叫んだ。

「次のパヴェまでに追いつけ！」

パヴェ区間で遅れてしまうと、挽回《ばんかい》は不可能だ。この時点で集団から離れることは、そのままリタイアを意味する。

ぼくは必死でペダルを回した。

ようやく集団の後方にぶら下がる。次のパヴェ区間に入る寸前だった。

ほっとしたのも束《つか》の間《ま》、前方で落車が起こった。

前方と後方が分断される。石畳ではブレーキもうまく働かない。何人もの選手が巻き込まれていく。

ぼくは間一髪で倒れた自転車を避《よ》けて、前にまわった。

後方に残された三十人ほどと、必死で前を追う。

この中にはミッコはいない。先ほど落車した選手の中にもいなかったから、しっかり前方に残っているのだろう。

強い選手というのは、そういうものだ。

結局、ぼくたちは前方集団に追いつくことはできなかった。

だが、取り残された選手が多かったことが幸いした。完走を目指す集団として、ぼくたちはゴールを目指した。

だが、勝ちをあきらめてさえ、このコースは充分に過酷だ。石畳でなければ、ぬかるみ。次々と襲いかかる難所は、自転車から投げ出されないようにするのが精一杯だ。

ひとり、またひとりと、あきらめて脱落していく。身体はすでにみしみしと痛んだ。まさに巨人の腹の中だ。

だからぼくはミッコのことばを思い出した。

ただ、生き延びる。生き延びることを。

ゴールまでたどりつけたら、今日はうまいビールで祝杯をあげよう。シャワーでこの泥と汗をすべて洗い流して、そして生まれ変わったような気持ちでベッドに潜り込むのだ。

最大の難所と言われるアランベールに差し掛かる。

まるで身体を削られるような振動の中、必死でペダルを踏んだ。足を止めてしまえば、もう二度と走り出せない気がした。

「せめて晴れてりゃあ……」

思わずそうつぶやくと、隣を走っていたチームメイトのアレックスが笑った。

「晴れたら、晴れたで砂埃《すなぼこり》がすごい。前が見えないほどだ」

それを聞いてぼくも笑った。すでに疲労と苦痛で感覚は麻痺《まひ》してしまっている。なにを聞いても笑い出したいような気分になる。

それも人生と同じだ。晴れの日には晴れの日の苦痛があり、雨には雨の苦しみがある。

こんなレースで勝ちを狙えるミッコの身体能力は羨《うらや》ましいが、彼には彼の苦悩があるはずだ。

ぼくは自然にフェルナンデスに話しかけていた。

――なあ、だからあんたは、ドラッグなんかに手を出しちゃいけなかったんだ。

この巨人の腹の中で生き延びるためには、どんなに苦しくても越えてはならない一線がある。

――そうしたら、あんたは生き延びられたんだ。

生きてさえいれば希望は潰《つい》えることはない。たとえ、それが頼りなく弱い光であっても。

ゴールのヴェロドロームにたどりつけたのは、優勝選手がゴールしてから十五分ほどあとのことだった。

結果はすでに無線で聞いていた。ミッコは五位。健闘したが勝利には手が届かなかった。

優勝者はワンデーレースに強いベルギー人の選手だった。

輝かしい表彰式が行われているのを横目に見ながらゴールし、自転車を投げ出してその場に座り込む。

幸せだと思った。このレースを走れたことも、走りきれたことも。

そして、今日生き延びられたことも。

マッサーが差し出してくれた水をがぶ飲みし、頭からもかける。

鏡を見なくても、自分が泥から生まれたゴーレムのような姿になっていることは想像がついた。

ぼくはよろよろと起き上がり、マッサーの案内でヴェロドロームにあるシャワー室へと向かった。

シャワー室の前で、プレスパスを首から提げた田辺とすれ違った。

彼は圧倒されたような顔で、ぼくの全身を見つめ、そしてなにも言わなかった。不思議だった。

こんなときはなにを言われても腹が立たないのに、そういうときに限って、なにも言われないのだ。

スピードの果て

隣のオートバイの男が、ずっとこちらを見ていることには気づいていた。いやな感じだ。俺はあえて、視線を合わさないようにした。

ロードバイクで走っていると、ときどきこういうことがある。自転車が車道を走っているということ自体が気に入らないという人間がいるらしい。車やオートバイに乗っている男から、睨《にら》み付けられたり、罵声《ばせい》を浴びせられたり、クラクションを鳴らされたりする。

わざと幅寄せしてくる車もあるから、危険でしょうがない。

どこの国でも自転車は車道を走るものだ。ましてやママチャリではなくロードバイクで、歩道など走れない。細いタイヤで段差を乗り越えるのはパンクの元だし、なによりスピードが違う。普通に走っても時速三十キロ、出せといわれれば七十キロでも走れる。充分、車やオートバイと渡り合える。

子供や老人や、散歩中の犬が歩く歩道など走れるものか。自転車には車道を走る権利がある。

なのに、車に乗っている人間の中には、それは車やオートバイだけに与えられた特権だと思っている奴《やつ》がいる。俺も車には乗るが、その高慢さは許し難い。

信号が青に変わる。俺は、ペダルにシューズをはめて漕《こ》ぎ出した。感じの悪いオートバイなど振り切ってしまうつもりだった。

オートバイがエンジンを吹かす間に、さっさと先に進む。身体《からだ》を低くして、空気の中につっこむ。速度が風になり、皮膚を削っていく。

だが、すぐに信号にぶち当たる。俺は舌打ちをした。だから公道は嫌いだ。レースのときのように思うままに風に乗れない。

さっきのオートバイがまた追いついてくる。今度はわざとらしく、密着するほど傍《そば》に止められた。

睨み付けると、赤いヘルメットの中で若い男がにやりと笑った。見るからに頭の悪そうな顔をしている。

やっと信号が青になった。今度はオートバイを先に行かせることにした。バカを煽《あお》って得をすることはなにもない。

だが、先に走り出したオートバイはやけに鈍いスピードで、俺の前をふらふら走っている。あまりの遅さに横をすりぬけようとすると、いきなり幅寄せしてきた。舌打ちをしながら間一髪ですりぬけ、ペダルに力を込める。

ふざけるな。単なるホビーレーサーではない。伊庭《いば》和実《かずみ》といえば、今年の日本選手権で優勝した自転車選手だ。つまり、俺より速いやつは、この日本にはいないということだ。

プロの乗るオートバイならともかく、自転車を煽って喜ぶようなバカには負けない。もっと足に力を込めようとしたが、前方に赤信号が見えて、仕方なくスピードを落とす。

運のいいときには信号につかまらずに走れるのに、今日はついていない。

またオートバイが追いついてくる。今度は奴は笑っていなかった。

面倒だ。速さで負ける気はしないが、もしつっこんでこられたら、軽い自転車が負けるに決まっている。

もちろんオートバイだって無傷ですむはずはないから、賢い人間ならそんなことはしないだろうが、そもそも賢い人間がわざと自転車の進路を邪魔したり、幅寄せしたりするはずはない。

自転車を止めてやりすごしてしまおうかとも思うが、下手をすると向こうもオートバイを降りて絡《から》んでくるかもしれない。そうなるともっと面倒だ。

やはり振り切ってしまうのがいちばんいい方法だろう。

信号が変わると同時に、俺は飛び出した。いちばん重いギアに切り替えて、ペダルを壊すほど強く踏む。

日本最速の男についてこられるのならついてこい。

前を走る車の横をすりぬける。普段はそんなことはしないが、今日は特別だ。

後ろで聞こえていたオートバイのエンジン音が小さくなっていく。少し先の信号は青だ。あそこが赤に変わる寸前に通り抜けられたら、後ろのオートバイは赤信号で足止めを食らう。そうなれば、完全に引き離せる。

そう思ったときだった。

目の前の脇道《わきみち》から、ワゴン車が飛び出してきて急停車した。

俺は息を呑《の》み、ハンドルを切った。そのまま歩道に乗り上げてブレーキをかける。

いざとなったらうまく転ぶつもりでいたが、幸い自転車はスムーズに止まった。安堵《あんど》のためいきをついて車道に目をやると、さっきのオートバイが突っ込んでくるのが見えた。

オートバイはそのまま、ワゴン車の脇腹に激突した。

それから先の光景は、まるでコマ送りのようにはっきり見えた。

ワゴン車がぐしゃりとへしゃげると同時に、オートバイの後輪も浮き上がる。乗っていた赤いヘルメットの男の身体が、宙に浮き上がった。

後からきた車の急ブレーキの音が響く。男は路上に叩《たた》きつけられた。

腕や足がびく、びく、と痙攣《けいれん》する。アスファルトから染《し》み出すように赤い血が道路に広がっていく。

俺はその光景を前に、呆然《ぼうぜん》と立ち尽くしていた。


数度の呼び出し音のあとに、電話は取られた。

「はい」

沙耶《さや》の声だ。もう大学から帰ってきていたらしい。

「俺。ちょっと帰りが遅くなりそうだ。先、飯食っておいて」

「今日、私が作ろうと思ってたのに」

「帰ったら食うよ。置いとけよ」

「なんかあったの？」

そんなことを尋ねられて驚いた。普段、沙耶は詮索《せんさく》好きな方ではない。

「交通事故を目撃した。警察で事情を聞かれてる」

ええーっ、と電話の向こうで甲高い声があがり、俺は携帯を耳から少し離した。

「俺はなんにも関わってないし、怪我《けが》もしてないから。見てたのは俺だけだから、話を聞かれているんだ。おふくろにそう言っておいて」

「わかった。交通事故に巻き込まれた、なんて言ったら、お母さん失神しちゃうね」

改めて沙耶が電話を取ってよかったと思う。母なら、警察にいると聞いただけでパニックを起こしてしまうだろう。

電話を切ったとき、ちょうど刑事が戻ってきた。

「お電話ですか？」

「はい、ちょっと家族に遅くなると」

「ご両親？　それとも奥さんかな？」

「母です。妹が出ましたが」

「きちんとしてらっしゃる。うちのバカ息子なんて、遅くなっても電話ひとつよこしませんよ。育て方が悪かったかなあ」

苦笑した。誉《ほ》めているのか、それとも嫌味なのか。

そういえば、大学のときにも同級生にときどきからかわれた。飲みに行くとか、大学の帰りにどこかに行くとかそんなことでさえ家に電話を入れる、と。

——伊庭は、ああ見えてマザコンなんだよ。

そう言って笑った自転車部の仲間の声が耳に蘇《よみがえ》った。

だが、俺には不思議で仕方なかった。彼らは自宅住まいでも、家に電話ひとつ入れないことが自立している証拠のように言う。母親に飯を作ってもらっていないのならばそれでもいいだろう。

だが、もし同居しているのが実の母親ではなく、まったく関係ない他人でも同じように振る舞うのだろうか。

俺には彼らの方が母親に甘えているように見えた。甘えているから、たとえ母親がいつ帰るともわからない自分のために、食事を作って待っていようが、平気でいられるのだ。

一緒に暮らし、食事の面倒をみてもらっているからには、何時頃帰るかをきちんと伝えた方が負担をかけなくてすむ。ただそれだけのことだ。

刑事に聞かれるままに、俺は事故の状況を説明した。

ワゴン車が一時停止もせずに大通りに出てきて、あのオートバイがぶつかった。それが俺の見たすべてだ。

どうやら、ワゴン車の運転手はまったく違うことを言っているようだった。

「あちらはちゃんと一時停止したと言ってます。もちろん、していなかったとしたらワゴン車の過失になるんで嘘《うそ》をついているのかもしれませんが」

「してませんでしたよ。俺の自転車がぶつかりそうになったんだから、間違いない」

「ええ、それに関しては向こうも同じことを言っています。右折しようと思っていたら左から自転車がきたのであわてて停車した。そこにバイクがつっこんできたんだと。

それは合ってますね」

俺は頷《うなず》いた。

「向こうは不思議がっているんですよ。自分が停車してからバイクがつっこんでくるまでに時間があったんだと。バイクには充分、自分の車に気づいて停止する時間があったはずだ。よそ見をしていたんじゃないかと」

胸元に、いきなり刃物を突きつけられたような気がした。俺は息を吐いた。

「俺を見てたんじゃないかと思います」

「あなたを？」

「わざと幅寄せされたり、嫌がらせめいたことをされたので振り切るつもりでした。オートバイは追いかけてこようとしているようでしたから、俺に気を取られていたのかもしれません」

俺があいつの挑発になど乗らず、のんびりちんたらと走っていたら、事故など起こらなかっただろう。そう思うと息苦しくなる。

だが、仕掛けてきたのはあちらの方だ。自業自得《じごうじとく》以外のなにものでもない。

刑事は怪訝《けげん》そうな顔をしている。

「しかし、あなたは自転車でしたよね。それでバイクを振り切ろうとしたのですか？」

「できますよ。自転車も充分速い」

そう言っても刑事は納得していないようだった。

ふいに思った。もし、俺がオートバイに乗っていたらもっとこってり絞られたかもしれない。事故が俺のせいだとは思っていないが、要因のひとつを作ったのはたしかだ。

ドアが開いて、別の警官が入ってきた。刑事になにかを囁《ささや》く。彼は眉間《みけん》に皺《しわ》を寄せた。

「被害者にも話が聞ければよかったんですが、残念だ。亡《な》くなったそうです」

じわり、と胸に苦いものが広がった。

事故を目にするのははじめてではない。

二年前、チームメイトがレース中の事故で死んだ。身近な人だったから、衝撃はもちろんそのときの方がずっと大きい。

だが、そのときとはまったく違う不快感が胸にこびりついている。

死んだのは知らない人間だから、悲しみも喪失感もない。感傷はなく、血の匂《にお》いと死の唐突さだけが頭に焼き付いていた。

普段は忘れてしまっている。人間という存在が、いかに脆《もろ》いかということを。

そこらをびゅんびゅん走っている車にぶつかったり、地面に強く叩きつけられただけで死んでしまうのだ。

家に帰ると、リビングのソファで沙耶がＤＶＤを見ていた。

ダイニングのテーブルの上には、ラップをかけたポークソテーとサラダが置いてある。

沙耶はクッションを抱いたまま振り返った。

「豚カツ作ったんだけど、お兄ちゃん揚げ物だと半分しか食べてくれないから、お兄ちゃんの分だけソテーにしておいた」

「悪いな。おふくろは？」

「頭が痛いって寝てる」

「最近多いな」

「更年期じゃない？」

どうでもよさそうな口調でそんなことを言う沙耶の後ろ姿を眺める。女は残酷だ。

そう思っていると、また彼女が振り返る。

「ね、ね。事故ってどんなの？」

「食欲がなくなるから、やめてくれ」

「ということは、人が死んだの？」

俺はポークソテーの皿を電子レンジに入れながら頷いた。

「うっひゃあー」

沙耶は妙な声を出して、また前に向き直った。とりあえず食事がすむまでは待ってくれるようだ。

正直、あまり肉を食べたい気分ではなかったが、無理に口の中に押し込んだ。自転車選手は、朝は糖質をたっぷりとる必要があるし、昼は補給食や軽いものばかりになる。たんぱく質をとる時間は夜しかない。

階段を下りてくる足音がした。

「和実、帰ったの？」

母がダイニングに入ってくる。

「事故って……あんた大丈夫だったの？」

こういうとき、沙耶が説明を怠ったと考えてはいけない。説明をしても耳に入っていない。そういう人なのだ。

五十を過ぎているわりには若く見える。小学生の頃は、同級生の母親よりもきれいな自分の母が自慢だった。今も、家にいるときもきちんと化粧をしスカートにストッキングをはいている。それがどこの家でも当たり前だというわけではないことは、最近になってから知った。

「大丈夫だよ。目撃してしまっただけだ」

「それならいいけど……」

母は俺の前の椅子《いす》に座った。

「そうそう、今度のフランス行きだけど、スーツケース新しいの買った方がいいんじゃないかしら。お父さんのはもうどれも古いから」

今月、世界選手権がフランスのニースで行われる。日本から参加する選手は三人だが、ひとりはヨーロッパで走っている。

「スーツケースなんかいらねえよ。国内遠征で使っているバッグで充分だ」

「駄目よ。飛行機では預けた荷物は乱暴に扱われるし、盗難もあるんだからちゃんと鍵《かぎ》のかかるスーツケースにしなさい」

勘弁してくれ、と言いたくなるのを吞《の》み込む。沙耶は聞こえないふりをしてDVDを見ている。

「みんなだいたいリュックやボストンバッグだから、スーツケースなんて持って行ったら浮くよ。遊びに行くんじゃないんだから」

「でも、せっかくの日本代表なのに……オリンピックみたいなものなんでしょう」

「それは関係ないだろ。ともかく、スーツケースはいらない」

母はひどく残念そうな顔で押し黙った。買い物が好きな人だから、口実を作って俺を連れ出したいのだろう。

たしかに世界選手権は自転車のワンデーレースでは、いちばん重要なレースだ。優勝者は一年間、マイヨ・アルカンシェルという虹色《にじいろ》のラインが入ったジャージを身につけることができる。これはオリンピックの金メダルに匹敵するほどの名誉だ。もっとも、ヨーロッパと日本とではレベルがまるで違う。俺がそれを手に入れる可能性なんて限りなくゼロに近いだろう。

ただでさえ、ロードレースはチーム戦だ。最大人数の九人を送り出せるスペインやイタリア、ベルギーなどと違って、日本は三人しか出せない。はじめから勝負は決まっているようなものだ。

それを不公平だとは思わない。強豪国はその分、強い選手が日本の何十倍もいる。たぶんイタリアで世界戦の代表に選ばれる方が、日本で選ばれるよりもずっと難しいのだ。

だが、可能性がまったくないわけではない。

かつて、世界戦にスプリントの種目があったとき、優勝を十年間独占したのは日本の競輪選手だった。たとえば、ある種の陸上競技のように、どうすることもできない肉体的ハンデを抱えているわけではないのだ。

俺は食べ終えると、食卓から立ち上がった。

「沙耶、ごっそさん」

彼女はこちらを振り返りもせずに、片手だけを上げた。

母と沙耶の間には、目に見えない分厚い壁がある。母は子供の頃から、俺と彼女の扱いをあからさまに変えた。愛情の差を隠そうともしなかった。幼いときは、兄だからと言って大事にされることが誇らしかったが、ある程度の年齢になるとその不自然さに気づく。

俺に言わせれば、彼女がひねくれもせず、それなりにいい大学に入ったことは奇跡に近い。

たぶん、彼女は卒業すれば家を出て行くだろう。俺だって家を出られたらどんなに気が楽だろうと思ったこともある。だが、仕事以外には無関心な父親と精神的に不安定な母親をふたりで置いておくことには不安があった。

たぶん、俺が出てしまえば、沙耶は実家を出られなくなる。そして出ていく権利は沙耶の方にあるのだ。

自転車はもちろん好きだ。だが、自転車選手になってよかったと思う理由がほかにもある。

しょっちゅう、家を空けられることだ。

翌日、俺は普段よりも少し早くクラブハウスに入った。

昨夜はあまりよく眠れなかった。何度もあの事故の夢を見た。自分が繊細だとはまったく思わない。どんな大きなレースの前でもぐっすり眠れるし、仲の悪いチームメイトになにを言われようが、まったく気にならない。こんなことは珍しい。

俺が所属しているチーム・オッジは、自転車のフレームメーカーが母体になっている。国内有数のチームで、海外へもときどき遠征に行く。

最近はファンも増えてきたが、まだ日本では自転車ロードレースはマイナースポーツだ。スポンサー集めに苦労しているよそのチームにくらべれば、自転車メーカーが後ろにいるだけあって、いろいろ待遇もいい。

更衣室にはまだだれもいなかった。ロッカーのドアに手をかけた俺は、一瞬動きを止めた。

鍵が開いている。昨日、かけ忘れてかえったのか。それとも。

悪い予感に苛《さいな》まれながら、ロッカーを開けた。思わず舌打ちをした。予感は当たった。

ロッカーの中はめちゃくちゃにかき回されていた。

ハンガーに掛けてあったジャージは、下に投げ出され、私物を入れてあったポーチは中身を全部ぶちまけられていた。ジャージの予備を入れてあった紙袋が破かれている。

これがはじめてではない。五日ほど前にもこんなことがあった。

そのときは、なにも盗まれてはいなかった。もっとも、ロッカーに入れるのはチームから支給されたジャージやヘルメット、その他の消耗品ばかりだ。汗を拭《ふ》くタオルや、シャワーを浴びた後に使う整髪剤などは置いてあるが、貴重品などはなにひとつ入っていない。

盗まれて困るようなものはない。だが、気分がいいわけではないのもたしかだ。

盗むようなものもないのにこんなことをする理由はひとつしかない。嫌がらせだ。

いったい、だれがやったのだろう。

俺は、ロッカーの中を丁寧に点検した。やはり今回もなにもなくなっていない。

破かれているのは紙袋だけで、ほかに壊されたものもなかった。つまり、実害はなにもない。この前と同じだ。

俺は苦笑した。嫌がらせだとすれば、ずいぶん心優しい嫌がらせだ。

もっとも、なにも壊したり盗んだりしなければ罪の意識に捕らわれることもなく、ただ俺だけを不快にすることができるという魂胆かもしれない。

ロッカーの鍵はちゃちなものだ。たぶん、針金ひとつあれば俺にでも開けられる。中学生くらいのとき、そんな悪戯《いたずら》を覚えた。

俺はロッカーを閉めると、ベンチに腰を下ろして考え込んだ。

正直なところ、自分が人に好かれる人間ではないことはよく知っている。

今はチームのエースだから多少のわがままは黙認されるが、オッジに入ったばかりのときはずいぶん先輩から目の敵《かたき》にされたものだ。

高梨《たかなし》さんや、吉岡《よしおか》さんはその頃からいる選手で、未《いま》だに俺との折り合いはいいとは言えない。あの頃のように正面からなにかを言ってくることはないが、好かれていないことは雰囲気でわかる。陰でなにを言われているかわかったものではない。

もっとも、普段はそんなことは気にしない。実力だけがものを言うこの世界で、俺に勝てない選手がなにをほざいていようがどうだっていいのだ。

どんなに俺のことを悪く言っていようが、試合になれば彼らは俺のアシストをするしかない。

だが、たしかにその分、鬱憤《うっぷん》をためているかもしれない。

もうひとり、この夏からオッジに入った若手の玉置《たまき》のことも気にかかる。

大学を中退してこの世界に飛び込んできたばかりで、二十一歳と若い。はじめて見たとき、少し自分に似ている気がした。

今のところ、オッジの中で正面切って俺に敵対しようとする者はいないが、玉置は入って間もないのに、ことあるごとに俺に刃向かってくる。

もっとも実力もある。まだ走ったレースは少ないが、アシストをしながらでも上位に食い込んでくる。怪我《けが》などしなければこの先、もっとのびるだろう。

似ていないのは脚質だ。玉置はスプリント力はあまりなく、どちらかというと逃げて勝つタイプの選手だ。ゴール前スプリントを得意とする俺とはまったく違う。

嫌われていそうなのはこのあたりか。だが、高梨さんや吉岡さんにしろ、玉置にしろ、こんなことをしてもなんのメリットもないような気がする。

あと二週間で世界選手権だから、そのタイミングで精神的にストレスを与えてやろうというのだろうか。

考え込んでいると、ミーティングルームの方で物音がした。ドアを開けると、斎木《さいき》監督と赤城《あかぎ》さんがいた。

赤城さんは元選手で、一度ロードレースの世界から足を洗ったが、今年からチームの要請を受けて監督補佐として戻ってきている。現役中はアシストで目立った優勝歴はないが、頭のいい人だからレース中のアドバイスなどは的確だ。

「伊庭か、早いな」

都合がいいことに、ほかの選手はまだきていない。俺はふたりに近づいた。

「ロッカーがまた……」

監督と赤城さんが顔を見合わせた。この前のときも報告はしてある。

ふたりにロッカーの様子を見せた。ほかの選手が集まるまでにまだ時間はある。

「やはりなにも盗まれてないのか？」

監督に尋ねられて俺は頷《うなず》いた。

「妙だな……」

赤城さんがロッカーの中を覗《のぞ》きこみながら言う。

「伊庭は最近女の子のファンが多いからな。なんかめぼしいものがあったら、オークションででも売ろうと思ったんじゃないか？」

「だからなにも盗まれてませんよ」

「しかし盗まれてないなら、警察に届けるわけにもいかないしな」

監督が腕を組んでそう言った。赤城さんが振り返る。

「チームの誰かがやったんでしょうか……」

「さあ。だが、外から入った泥棒なら、伊庭のロッカーだけを荒らして出ていくというのも変だな」

クラブハウスにはプロ用の自転車が何台もある。盗むのならそっちだろう。

「実害がないとしても気持ちが悪いだろう」

「そうですね」

一度目のときは結局表沙汰《おもてざた》にはしなかった。俺もときどき鍵を閉め忘れることがあったし、前回自分がきちんと施錠《せじょう》したとは断言できなかったこともある。だが、そのあとは必ず鍵を閉めるようにしている。昨日も間違いなく閉めた。

赤城さんがロッカーの鍵を確かめながら、小さくつぶやいた。

「なにかを探しているのか……」

たしかに、かきまわされてなにも盗《と》られていないということはそうも考えられる。ほしいものがあって探したが、見つからなかった。

「しかしロッカーに入れるものなど決まっているだろう」

俺も特別なものを入れた記憶はない。監督が俺を振り返った。

「どうする。一応チームのみんなには注意するように言っておくが……」

俺は肩をすくめた。注意するように言ったとしても、これは過失ではない。悪意があってやったことならば、意味はない。

「いいですよ。別になにも盗られてませんし」

そういうと監督はあからさまにほっとした顔になった。

監督が更衣室から出て行くと、しゃがんで下を見ていた赤城さんが立ち上がった。

「伊庭、おまえ、あんまり敵を作るなよ」

どう答えていいのかわからず、俺は少し笑ってしまった。

「笑い事じゃないぞ」

「わかってますよ。でも性分だから仕方ない」

興味のない人間は目に入らないし、自分の感情を隠すこともできない。これではたしかに敵を作るばかりだということは自覚している。だが、自分を変えてまで人に媚《こ》びる必要もない。

「この競技は、敵の多い人間は勝てないんだよ」

赤城さんの言うことは正しい。嫌われ者は自転車ロードレースでは勝つのが難しい。いいポジションを取ろうとしても邪魔されるし、いざというとき適切なアシストも受けられない。

俺はロッカーの扉にもたれた。

「でも、好かれなくても恐れられれば勝てるでしょう」

オッジの前のエースのように。

言外に匂《にお》わせた意味に気づいたのか、赤城さんは苦い顔になった。


坂の頂上が見える。

俺は藻掻《もが》くようにペダルを踏んだ。レースのとき大事なのは、力の配分だ。必死になりすぎてもいけない。すべてを出し切るのはゴール前になってから。それまでは、最大心拍数の七十パーセントをキープしながら走ることが必要だ。

しかし、ライバルが前にいるときはそうとばかりも言っていられない。追いつかねば勝てない。だが、自分の体力を越えて頑張りすぎるとあとが続かない。心拍数が上がりきってしまうと無酸素運動になり、パフォーマンスはいきなり落ちる。気力だけでなんとかできるほど甘い世界ではない。

だから必要なのは、耐えること。苛立《いらだ》たないこと。自分の闘争心を宥《なだ》めながら、それでも勝てるタイミングを見逃さないこと。

練習とはいえ加減するつもりはない。チームメイトたちはほとんど、俺の速度から脱落していた。唯一《ゆいいつ》、玉置だけが必死についてくる。

昔は上り坂が苦手だった。今でもヒルクライムで優勝できるほどの力はない。だが、少なくとも本気を出せば、なんとかクライマーたちの尻尾《しっぽ》に食らいつけるくらいの力はついた。

頂上を越えた。あとは下りだ。

俺はサドルの上で身体《からだ》を小さくした。速く下るためには、空気抵抗を少なくしなければならない。

ニースでの世界選手権は、最後こそ平坦《へいたん》だが、途中にアップダウンがある。メイン集団についていくためには、上りと下りで遅れるわけにはいかない。

いちばん急な部分にくる。向こうにカーブが見えた。

安全のためにはブレーキを早めに少しずつかけていく方がいい。だが、それでは速度が落ちる。ブレーキはかけずに、ハンドル捌《さば》きだけでうまくライン取りをしてカーブを越える。それがいちばん速い。

そう考えて、カーブを曲がろうとしたときだった。

一瞬、頭の中にあの光景がスパークした。

まっすぐにワゴン車につっこむオートバイ。ひしゃげる車体と、はね飛ばされる身体。

無意識のうちに、強くブレーキを握っていた。

やばい、と思った。急にブレーキをかけると、前輪がロックされることがある。

幸い、タイミングがよかったのだろう。自転車はガードレールの手前で停まった。

後ろからきた玉置が驚いた顔で俺を追い越していく。

知らぬ間に額にぐっしょり汗をかいていた。


スプリンターは速度への恐怖を克服しなければならない。

ゴール前の速度は時速七十キロを超える。十数人がもつれ合い、互いを追い抜こうとしている中へ飛び込んでいかなければならないのだ。

当然ひとりが転倒すれば、みんなが巻き込まれる。怪我なんて日常茶飯事だ。

怖い、と思ってしまえばもう終わりだ。足は止まり、勝つことはできない。

冷静に考えれば、怖くないはずはない。

だから、頭の中の掛け金を外す。生存への本能や、理性を吹っ飛ばす。

俺たちは狂いながら、自分を壊しながら、限界を超えた速度の中に飛び込んでいく。

恐怖を感じたスプリンターは、決して勝つことはできない。


週末は、山梨で実業団のクリテリウムがあった。

クリテリウムというのは簡単に言うと周回レースのことだ。普通のロードレースは長距離を走るから、選手たちは観戦者の前を一瞬で走り抜けてしまうことになる。周回レースになると、何度も同じところを通るわけだから、観戦する人々も楽しめる。またロードレースは公道を封鎖して行うから、クリテリウムは主催者側にも利点がある。周回コースならば使う道は短くてすむ。

さほど大きな規模のレースではない。ほかの有力チームのスプリンターは参加していないから、優勝候補の筆頭は間違いなく俺だった。

エースとして走るようになり、名前が知られてくると別の重荷がのしかかってくる。まだがむしゃらに上を目指しているときには、想像もできなかった。勝って当たり前だという期待。

必死で勝利をものにしても、賞賛の声は若手だったときよりも小さい。反対に勝たなければ期待はずれだと言われる。

チャンプになるというのは、こういうことなのだと気づいた。

だから、正直なところ、こういう小さいレースよりも、海外の選手も参加するビッグレースの方が俺にとっては気が楽だ。

いくら日本で王者になっても、ヨーロッパのレベルにはまだまだ届かない。そこでなら俺はまだ挑戦者でいられる。

本場ヨーロッパのプロチームでエースとして走っている選手たちが、どれほど重いプレッシャーに耐えているのか、少しだけ想像できる気がした。彼らには、俺のように挑戦者になれる場所はない。

今回のクリテリウムのコースは、比較的平坦だった。コース中程に小さな峠があるが、それだけだ。あとは、きついカーブに気をつければいい。

中盤までレースは穏やかに進んでいた。

数人の選手が逃げていたが、その中には優勝候補はいない。タイム差もさほど大きなものではなかった。

あと五周回となったときだった。少し前を走っていた玉置が、ちらりと俺に目をやった。なにか意味ありげな目線に戸惑っていると、彼はそのまま前の方に進んでいった。

そして、集団から飛び出す。アタックだ。

先頭を走っている選手たちの間に動揺が広がる。これはチームオーダーではない。監督の指示は、集団をコントロールして最後のスプリント勝負に持ち込むというものだった。

俺は舌打ちをした。同じチームの選手が逃げれば先頭を引く必要はなくなり、チームにもメリットがある。だが、チームオーダーに逆らって飛び出すからには、ただの逃げではない。玉置は勝とうとしている。たしかにこのコースは彼向きだ。

無線によると、玉置はもう先頭集団に追いついたらしかった。彼が追いついたことで、疲れはじめていた先頭集団が活性化する。少しずつ縮まっていた差が、また広がっていく。

ほかのチームが先頭交代をするが、思うようにスピードが上がらない。

無線から監督の声がする。

「どうする、伊庭。ここは玉置にまかせてみるか？」

答えなど決まっている。

「いやだ。俺が行く」

監督が苦笑するのがわかった。

「相変わらずだな、おまえは」

本当なら、こんな小さなレースは若手に花を持たせてやってもいい。そこまで狭《きょう》量《りょう》ではないつもりだ。

だが、この前の練習のとき、坂で急に身体が凍り付いた。あれが忘れられない。なんとしてもスプリント勝負に持ち込んで、あれがただのアクシデントであることを確かめたかった。

恐怖を感じたなんて認めるわけにはいかない。俺はスプリンターなのだ。

監督の指示で、オッジが前を引きはじめると、集団の速度はまるで変わる。

いくら玉置が必死で逃げても、先頭集団はすでに疲弊している。こちらが本気を出せば追いつくのは難しくない。

最後の上りで、先頭集団をつかまえた。集団に吸収された玉置は唇を強く嚙《か》んでいる。オッジが前を引いて捕まえにいったことは、彼も無線で聞いているはずだ。

——不満ならさっさと俺に追いつけよ。

心の中でそう語りかける。ここにこなければ見えないものもある。だが、同時に追いかける立場だからこそ、感じられるものもある。俺はそれを知っている。だから、玉置のことが少し羨《うらや》ましい。

ゴールが近づく。チームメイトたちがトレインを組む。縦に一列になり、先頭の者が持てる力をすべて出し切って速度を上げていく。そして最速になったときに、トレインの最後のスプリンターが飛び出していくのだ。

俺はトレインの後ろで力を蓄える。どんどん速度が上がっていく。

そのときだった。またあの光景がフラッシュバックする。

高速でワゴン車にぶつかっていくオートバイ。投げ出された身体。そして、アスファルトにじわじわと広がる血。

身体が凍り付いた。ペダルがうまく動かせない。

トレインの間に、ほかのチームの選手が割り込んだ。一瞬にしてトレインが崩れる。

自分の前にほかのスプリンターたちが飛び出していくのに、身体が動かない。あっという間に追い抜かれていく。

これでは、スプリント争いにすら参加できない。こんなことははじめてだった。

全身が冷たい汗でぐっしょり濡《ぬ》れていた。走っているときにかく汗とはまるで違う。

前方でスプリント勝負が繰り広げられるのを、俺は情けない気持ちで見つめていた。

だが、ゴールの前でひとりの選手が転倒した。

俺は息を呑《の》んだ。巻き込まれるようにほかの選手も倒れ込む。速度が上がっているからみんな避けられない。あっというまに集団は次から次へ、落車していった。

俺はハンドルを切って、端の方に逃げた。手をあげて、後方に落車を知らせる。

スピードが落ちていたことが幸いした。

ゴールしてから、後ろを振り返る。十人以上の選手がまだ倒れたままだった。

落車のせいで、勝ったのは別のチームのアシスト選手だった。

自転車を降りて汗を拭《ぬぐ》っていると、赤城さんが近づいてくる。

「ラッキーだったな」

たしかにそうかもしれない。スプリント勝負に参加していたら、落車に巻き込まれていただろう。怪我《けが》をした選手も多かったらしい。世界選を前に、骨折でもしたら洒落《しゃれ》にならない。

だが、素直に喜べなかった。

やはり、また身体が凍り付いた。スピードを上げようとするとあの光景が蘇《よみがえ》る。恐怖に動けなくなる。

水を飲んで口を拭う。まるで俺らしくない。

「どうした。調子が悪いのか？」

赤城さんにそう訊《き》かれて、俺は答えた。

「悪い。最悪です」

「正直なのは、おまえの数少ない長所だな」

よりにもよって世界選の前にこんなことになってしまうとは、思いもよらなかった。

「まあ、長い選手生活、そういうときもある」

赤城さんはそう言って笑った。そう思いたいが、これが一過性のものでなかったらどうすればいいのだろう。一度見てしまった光景を頭から消し去ることなどできないのだ。

彼は、急に声をひそめた。

「ところで、更衣室にウェブカメラを仕掛けた」

「え？」

言われてやっと思い出す。レース中はロッカーを荒らされたことなどすっかり忘れていた。

「赤城さんはまた同じことが起こると思っているんですか？」

「なにかを探していたとしたらな。もし、犯人がカメラに気づいてやめたとしても、対策にはなるだろ」

俺は頷《うなず》いた。

だが、今はそれどころではない。ロッカーを荒らしたければ荒らせばいい。気持ちはよくないが、今の俺にはもっと重要な問題がある。


部屋で寝転がっていると、ノックの音がした。

「だれ?」と尋ねると、「あたし」という声が返ってくる。沙耶だ。

沙耶はドアを開けて、中に入ってきた。

「お兄ちゃん、BECKの新しいCD買ってたよね。貸してよ」

「ラックにあるから勝手に持ってけよ」

沙耶はCDラックを覗《のぞ》きこみながら言った。

「今日は? 勝てた?」

「勝てなかった」

「ふうん」

自転車ロードレースになんか興味ないくせに。そう思いながら、すらりと背の高い後ろ姿を眺める。

ふいに弱気になった。

「俺、もう勝てねえかも」

彼女は驚いた顔で振り返った。

「なんで？」

「急に怖くなった」

沙耶はすとんと床に座った。そのままあぐらをかく。

「レースでしょ。怖いよ。見てるだけでも怖い。あれが怖くない方が驚きだよ」

「今までは平気だったんだよ」

彼女はCDケースを弄《もてあそ》びながら言った。

「いいじゃん、怖くて。もうあんなことしなくてもいいよ」

無神経にもそんなことを言う彼女に腹が立って、背中を向けた。

彼女はすっと立ち上がった。

「ねえ、お兄ちゃんも怖いかもしれないけど、家族だって怖いんだよ。ずっと、お兄ちゃんが怪我したらどうしようって、思ってるんだから。お母さんだって、お兄ちゃんに言わないだけで、わたしにはいつも言ってるんだから」

早口でそう言うと、彼女は部屋を出て行った。軽い足音が遠ざかっていく。

赤城さんから電話がかかってきたのは、世界選に向けて日本を発《た》つ二日前だった。

彼は俺が電話に出ると、前置きもなく言った。

「おまえのロッカーのことだが、玉置が開けていた。映像を見る限り、やはりなにも盗《と》っていない。適当にかきまわしているだけのように見える」

さっそく、彼の仕掛けた罠《わな》にかかったらしい。だが、あまり今はほかのことに煩《わずら》わされたくない。

「適当に注意しておいてください。俺としてはあまりことを荒立てるつもりはない」

「じゃあ、おまえがフランスに行っている間、監督から話してもらっていいか？」

彼がこれ以上なにもしないのなら、それでいい。

「それでいいです」

「わかった。じゃあそうしよう」

赤城さんは電話口で少し沈黙した。

「なぜ、あんなことをしたんだろうな」

「わかりませんよ。玉置に聞いてください」

「なにかを探しているようにも見えなかった。針金かなにかで鍵《かぎ》を開けると、ばさばさとかきまわすだけで、すぐにロッカーを閉めている。嫌がらせなら、なにかもっと効率のいい方法があるだろう」

たしかに妙だとは思うが、俺にわかるはずもない。もともと人の気持ちを読むことはあまり得意ではない。

「ああ、悪かったな。出発前で忙しいだろうに」

「いいえ、こっちこそすみません。助かります」

「まあ、おまえのためだけじゃない。チームとしての問題だ。きちんと監督から叱《しか》ってもらうようにする」

「頼みます」

電話を切る前、赤城さんは言った。

「白石《しらいし》によろしくな」

「伝えておきます」

出発の日、成田空港で、日本代表チームと合流した。

世界選手権、日本代表の監督はミノワ・サイクルチームの山下さんだ。以前、オッジの監督をしていた。選手は同じくミノワの村瀬《むらせ》一郎《いちろう》。あともうひとりの選手はスペインのコンチネンタル・プロチーム、サントス・カンタンの白石誓《ちかう》。彼もオッジの出身だ。

スペイン在住の白石とは、現地で合流することになっている。あと、マッサーとメカニック、通訳がひとりずつ。決して多い人数ではない。

村瀬とはまったく選手のタイプが違う。彼も白石も、逃げて勝つタイプだ。ミーティングは現地に行ってからだが、たぶん村瀬と白石が集団から飛び出すことを狙《ねら》い、最終的にゴール前スプリントになったときは、俺が勝負に出るという戦略をとることになるだろう。

あれから何度もひとりで走ってみた。

最高速度でも平気なこともあれば、やはりあの光景がフラッシュバックすることもある。ひとりで走ってさえこれだ。レースのあの大集団の中では、また身体《からだ》が凍り付いてしまうかもしれない。

せっかく、最高峰のレースに出られるというのについていない。

だが、短時間でこの状態を乗り越えられればまだいい。この先、ずっと恐怖に取り憑《つ》かれたままになることだってある。

速く走れない俺に、なんの価値があるのだろう。

パリまで直行便で十二時間半、脂《あぶら》っこいエコノミーの機内食を食べる気にもなれず、俺は毛布だけを被《かぶ》って、ずっと目を閉じていた。


ニースの空港には、白石が待っていた。

到着ロビーのソファに腰を下ろして、所在なげに携帯を弄《いじ》っている姿は、一年前とまったく変わらない。

俺たちに気づいて、彼は手を振った。

「長時間のフライト、疲れたでしょう」

そう言って監督に笑いかける。

余裕ありげだな、と思った。俺たちはだれから見ても旅行者だが、白石は日本人なのにそう見えない。異国の風景にすんなり馴染《なじ》んでしまっている。

「白石くんは、飛行機で？」

「列車です。今はバルセロナに住んでいるんで。時間はかかりますが、海岸線を通るから景色がいいんです」

白石は、監督やスタッフたちと挨拶《あいさつ》を終えてから、俺の方にきた。

「ひさしぶりだな」

俺は軽く肩をすくめた。同い年で、同じチームにいた。性格はまったく違うが、ライバル心がないとは言えない。本場で走る彼を、羨《うらや》ましいと思ったことは一度や二度ではない。

「調子はどう？」

白石に尋ねられて、どきりとする。ほかの選手やスタッフが聞いていないことを確認して答える。

「実は、最悪だ」

「怪我でも？」

首を横に振る。身体の傷ならまだ目に見えるだけいい。

「だから、俺をアシストしようなんて考えるなよ。結果が出せなくなる」

「もともと、ぼくたちが勝つことなんて期待されてないだろ。だからせいぜいかきまわしてやればいい」

さらりとそんなことを言う。相変わらずポジティブなんだか、ネガティブなんだかわからないやつだ。

タクシーで空港から市内へと向かった。道路沿いに、青い海が見える。

たぶん、ヨーロッパを拠点とする白石には、俺たちとは違う現実が見えている。


翌日、市内のコースを試走した。

二百二十キロを超える周回コース。中盤のアップダウンが思ったよりもきつく、また海からの横風も強い。考えていたよりもヘビーなレースになりそうだ。

試走の間は、不愉快なフラッシュバックも、身体がすくむこともなかった。このままなにも起こらなければいいと思うが、楽観はできない。三人で走るのと、百人を超す大集団で走るのとはまったく違う。

試走が終わったあと、俺は赤城さんに電話をかけてみた。玉置がどんな言い訳をしたのか興味があった。赤城さんはすぐに電話に出た。

「ああ、伊庭か。どうだ？」

「特にトラブルはありません。そっちはどうですか？」

「玉置のことか。どうもよくわからない」

赤城さんの話によると、彼はロッカーを荒らしたことは認めたという。だが、なぜそのようなことをしたかは、頑として話そうとしないのだという。

「嫌がらせのつもりはないと言っている」

「じゃあ、どうして？」

聞いてから愚問だったことに気づく。赤城さんがそれを知るはずはない。

「おまえになら話すと言っている。帰ってきてから、話を聞いてみてくれないか」

まったくよくわからない。一応玉置の携帯番号は知っているが、こんな話を電話でしても気まずいだけだ。

「わかりました。帰ったら話してみますよ」

そう言いながらも思った。面倒だ、と。

結局はただの嫌がらせで、言い訳をこねくり回しているだけではないか。俺になら話すというのも、単なる時間稼ぎだろう。

電話を切って、俺はこの問題を頭の外へ追いやった。

息苦しくて、夜中に目が覚めた。

パジャマがわりのTシャツが汗で湿っている。かすかに開いたカーテンから、街の灯りが差し込んでいた。

ベッドが硬く、枕《まくら》がやたらに高くて寝苦しい。俺は腕で目を覆《おお》った。

隣のベッドでは、同室の白石が気持ちよさそうな寝息を立てている。少し、蹴《け》っ飛ばしてやりたいと思った。

同じチームにいたときは、彼の悪い意味での繊細さがいつも気に障《さわ》った。俺ならば、彼のようにやたらに考え込んだり、物事に意味を探そうとしたりしないと思っていた。自分のことを彼よりも強いと思っていた。

だが、このビッグレースを前に、彼はぐっすりと眠り、俺はこうやって眠れないでいる。

結局強くいられると思ったのは、単なるうぬぼれに過ぎなかったのかもしれない。またあの事故の光景が頭に浮かぶ。それだけではない。引きずられるように、今まで遭遇したレース中の事故のことも思い出す。

俺自身が落車に巻き込まれて、地面に叩《たた》きつけられたこともある。臑《すね》にはそのとき、五針縫った傷がまだ残っている。レース中に死んだ人もいた。

生きているのも死んでいるのも、たったひとつの境界線を越えるか越えないかだ。ただ、その境界線は俺が思っているよりもずっと近くて、そのことに身体がすくんでいる。

平気だったのは強かったからではない。気づかなかったからだ。

明日は本番だ。俺はぎゅっと目を閉じた。

たぶん、明日も走れない。

結局、あまり眠ることはできなかった。

朝を待つのに苛立《いらだ》って、白石が起きる前に身支度を済ませて外に出た。こんな調子でじっとしているのなら、少しでも走った方がいい。

だが、外に出て気づいた。メカニックのスタッフもまだ起きてないのではないか。

自分の間抜けさにためいきをつきながら、ホテルのロビーにあるソファに座った。

新聞を読みたいと思ったが、置いてあるのはフランスの新聞ばかりだ。することがなく無意識のうちに、ヘルメットを撫《な》でていた。そうやってぼんやりしているうち、ふいに違和感をおぼえた。

はっとして、俺はヘルメットをひっくり返した。内側に手を突っ込んで丹念に撫でる。想像通りだった。亀裂《きれつ》のようなものが入っている。

そんなはずはない。スポンサーからこの新しいヘルメットの支給を受けたのは先月。それ以来、このヘルメットをかぶって、落車したことは一度もないはずだ。

なぜ。そう考えたとき、頭の中でなにもかもがひとつに繋《つな》がった。

ポケットから携帯を取りだした。電話帳から玉置の番号を探す。日本が今何時かなんて考える余裕などなかった。

幸い、彼はすぐに電話に出た。

「俺だ」

低い声でそう言うと、玉置が息を呑《の》んだ。

「伊庭さん？　世界選は……」

「ヘルメットだな」

俺のことばに、彼は少し沈黙した。そして言う。

「ようやく気づいてくれましたね」

だれがやったかは言うつもりはありません。告げ口は嫌いですから。

彼はきっぱりそう言った。

三週間前の夕方、帰宅途中に忘れ物を思い出した玉置は、クラブハウスへと戻った。そのときに見たのだという。

「ある選手が、伊庭さんのロッカーからヘルメットを出して、それを蹴っていました」

たぶんその日、俺はロッカーの鍵《かぎ》をかけ忘れていたのだろう。

くだらない悪戯《いたずら》だ。だが、そこには悪意がひそんでいる。

衝撃を受けたヘルメットは、もう安全とは言えない。気づかずにかぶり続けて実際に事故に遭えば、大変なことになる。

もちろん、なにも起きない可能性もある。落車が起こらないまま、スポンサーから新しいヘルメットの支給を受けるかもしれないし、落車しても頭を強く打たなければ問題はない。

だが、何十分の一かはわからないが、そのせいで命を失う可能性だってある。

「その人はロッカーにヘルメットをしまって帰りました。どうしようか、と思いました。監督に言うべきだとは思うけれど、どうしてもそんな気にはなれなかった。かといって、このまま伊庭さんが気づかなければ大変なことになるかもしれない。それで考えたんです」

もし、ロッカーが荒らされれば、ヘルメットが無事ではない可能性に思い当たるかもしれない、と。

「先週のクリテリウムのときはひやっとしました。前方で落車が起きたとき、伊庭さんが巻き込まれたかと思った。後方にいたと気づいたときには驚きました」

俺は携帯を握りしめながら額を覆った。あのとき、身体がすくんだことで命拾いをしていたとは思わなかった。

「でも、気づいてくれてよかったです」

「そんなのすぐに気づかねえよ。普通に話せ」

「告げ口は嫌いです」

頑固者め。俺は舌打ちをした。

だが彼が俺に危機を伝えようとしてくれたことはありがたいと思った。

「だがもう少しやり方を考えろ」

そう言うと、彼は電話の向こうで笑った。

携帯を切ってから、俺は大きく息をついた。

帰ったら、妹に言ってやろう。

——おまえの兄貴は、考えているよりも悪運が強いぜ。


レースが始まる。

右を見ても左を見ても、テレビで観《み》るような有名選手がいる。聞き慣れたチェーンの音すら、いつもと違う気がした。

白と赤の日本のジャージを着て、ここにいることが嘘《うそ》のようだ。背筋がぞくぞくとした。

白石が隣にいる。彼とこうして走るのも二年ぶりだ。

白石は言った。どうせ勝てないんだから、せいぜいかきまわしてやればいい、と。

だが、可能性はゼロではない。日本チームは三人で、世界よりもレベルが低く、なおかつ俺の調子は最悪だ。悪い要素ばかりだが、それでもゼロではないのだ。

まだ一周目だというのに、何度もアタックがかかる。動きが速い。

強いチームはレースの主導権を握ろうとし、そうではないチームはせめて飛び出して、自分をアピールしようとする。

まるで嵐《あらし》の中にいるようだ。少し油断すれば、振り落とされてしまう。

白石も何度か飛び出そうとしたようだが、うまく逃がしてもらえない。逃げるのにすら、並大抵ではない力と運がいる。

三周目に、逃げが決まった。ウズベキスタンの選手、ハンガリーの選手、ポルトガルの選手たちだ。優勝候補ではない。

補給食のバーを嚙《かじ》っていると白石が隣にやってきた。悔しそうに言う。

「やはり、簡単にはいかないか」

「まだ終わったわけじゃないさ」

そう言うと彼は少し驚いた顔をして、それから笑った。

「やっと伊庭らしくなったじゃないか」

「そうでもないさ。昨夜はほとんど眠れなかった」

白石は俺に目をやって、さらりと言った。

「時差のせいだろ」

俺は一瞬、ペダルを踏むのも忘れて彼を見た。

たしかに言われてみれば、スペインに住んでいる白石には時差は関係ない。白石が眠れて俺が眠れないのは、別に不思議なことではないのだ。

集団の速度は安定したが、それでも充分速い。途中の上りもあまり速度が落ちない。身体《からだ》の大きなスプリンターたちも難なく上っていく。

これが世界の頂点だ。そう思うと、身体が痺《しび》れた。

ふいに思い出した。そう遠い昔ではない。二、三年前のことだ。

まだ俺は挑戦者で、乗り越えようとしていた人は大きかった。エースに上り詰めるのは、ずっと先だと思っていた。

だが、その背中は急に消えてしまった。そのことに、俺は戸惑い、立ち尽くした。

勝負から下りてしまった人を、どうやって追い越せばいいのだろう。

その答えが見えた気がした。

——なあ、ここで勝てば、あんたを追い越したことにならないか？

そう思うと血が沸くような気がした。

レースは中盤を過ぎて、強豪たちが動き出す。イタリアチームやスペインチームのアシストたちが前を引きはじめると、速度はまるで変わる。ぼろぼろと選手たちが脱落しはじめる。村瀬がリタイアしたという知らせも入ってきた。一度遅れてしまえば、もう挽回《ばんかい》は無理だ。

たとえ力が残っていても、集団が中切れし、後ろに取り残されてしまえば追いつくことが難しくなる。

少しでも前に行き、遅れを取らないことが大切だ。

下りのカーブは高速になる。あの事故の光景が蘇《よみがえ》る。

頭の中で、俺はバイクに乗って、まっすぐにワゴン車につっこもうとしていた。なのに、不思議と身体はすくまなかった。

コースが見える。どう通れば危なくて、どうハンドルを切れば危なくないか、はっきりとわかる。

あと二周を残して、集団は逃げのグループをつかまえた。そのあとは強豪同士の争いだ。速度はまた上がる。

強豪が飛び出し、それをまた別の強豪が追う。俺はペダルに力を込めた。

もう振り落とされないようにするだけでは、ついていけない。優勝候補たちが飛び出せばそこがメイン集団になり、優勝争いはそこで行われる。彼らに食らいつかなければならないのだ。

もうあと少し、持てる力を全部使ってもいいのだ。

さっきから白石が見えない。どうやら、脱落してしまったようだ。これからはたったひとりで戦わなくてはならない。

負けたくない、と思った。身体中が熱い。

怖くないわけではない。だが、それよりも負けたくない気持ちの方が強かった。

あと一周。前方を走る強豪たちの集団を、後ろの集団が追う。後ろにいる優勝候補たちが、必死で前を呑み込もうとする。

速すぎて飛び出すのは無理だ。だが、集団スプリントに持ち込めれば勝機はある。

荒波に翻弄《ほんろう》されている気がした。今まで走ったどのレースともまったく違う。

まわりで走る選手はみな、鋭い目で前だけを見つめていた。獣のようだ、と思った。

笑い出したくなる。みんな狂っている。もちろん、俺もだ。

あと十キロの地点で、先頭集団を呑み込んだ。すでに集団は三十人ほどに減ってしまっている。俺は歯を食いしばって、ペダルを回した。

次々と、また選手が飛び出そうとする。だが、集団はそれを許さない。アタックがかかるたび、そしてそれが呑み込まれるたびにまたスピードが上がる。

あと五キロ。力のある選手は、残りの選手を振り落とすためにまた速度を上げる。

狂気の沙汰《さた》だ。

もう観客の声援も耳に入らない。あと三キロのゲートをくぐる。

カーブはいちばん内側を通れた。悪くない。まだ頭は冴《さ》えている。

あと二キロ。またあの光景がフラッシュバックする。

死が手の届く場所にある。そう感じた。なのに足は止まらなかった。ただ、必死で祈った。

——さっさと終われ。

あと一キロ、スプリンターたちが必死でペダルを回す。死にものぐるいの位置取り。油断すればすぐに割って入られる。

全身から汗が噴き出す。あと五百メートル。

ゴールが見える。ひたすらにペダルを踏んだ。風が刃《やいば》のようだ。

もうゴールしか見えない。少しでも速く、あそこに辿《たど》り着きたい。

あと二百メートル。一瞬、一番前に出られた。ふいに空気が重くなる。

このまま走れば勝てる。もうなにも意識しない。ゴールしか見ない。あそこに飛び込む。

ひとかたまりのまま、最後の百メートルを越えた。あと少しで終わる。

知らぬうちに唸《うな》り声を上げていた。

ゴールに飛び込む。

自転車にまたがったまま、荒い息をついた。

何位だったかはわからない。だが、勝てなかったのはたしかだ。俺より前に、何人もいた。届かなかった。死ぬ気でペダルを回したのに。

悔しさにハンドルを叩《たた》いた。腹が立って仕方がなかった。

ふいに肩をつかまれた。振り返ると白石がいた。彼の目が輝いている。

「すごいじゃないか。八位だ！」

理性では、その成績が悪くないものだということはわかる。だが、怒りはおさまらない。勝てなかったという悔しさだけが身体中で荒れ狂っていた。

俺はハンドルに突っ伏した。呼吸がまだ乱れていて、話すことができない。

「調子が悪いって言ってたけど、そんなことなかったじゃないか」

「あ、ああ……」

やっと鼓動が落ち着いてくる。俺は深く息を吸って、吐いた。そして言う。

「やっとわかったんだよ」

「なにが？」

ハンドルに身体を預けたまま、白石の顔を見上げて俺は笑った。

「いちばん速く走れば、早く終わるんだって」

プロトンの中の孤独

目の前の男はにこりともせずに、こう言った。

「赤城《あかぎ》さん、俺のアシストしませんか？」

不思議なことに、そのとき自分がどう思ったのかは、今になってみるとまったく思い出せないのだ。

驚いたことは確かだ。そのことばは、あまりにも唐突だったから。だが怒りを感じたのか、彼を愚かだと思ったのか、それとも笑い出したくなったのか、なぜか少しも思い出せない。

それなのに、そのときの彼の、俺の返事などどうでもよさそうな顔だけははっきり網膜《もうまく》に焼き付いている。

まるで昨日のことのように。

たとえば、こんな話をする人がいる。

五〇〇年前の人間は遺伝子の存在も、原子や電子の存在も知らなかった。その頃の人間に、「物質はすべて目に見えぬほどの小さな粒子でできている」といえば、頭がおかしいと思われるだろう。

不可能だと思われたフェルマー予想も証明され、エレガントなやり方と言えなくとも四色問題にも答えは出た。人間の知性というのは間違いなく進歩している。

だから、あと何十年かすれば、霊魂の存在や神の存在すら、科学で証明できるに違いない。

そんな話を聞くたびに俺は思った。ならば、不穏な空気や険悪さなども、いつかは質量を量ることができるのではないかと。

少なくとも、あの頃の「チーム・オッジ」でそういうものを量れば、計器の目盛りは盛大に振り切れるだろう。

＊

その頃のオッジは、できてまだ三年のチームで、ひとことでいうと迷走していた。

国産フレームメーカーが、商品をアピールするために作った自転車ロードレースのチームだった。一年目、二年目と、まだ選手の数が少ないときに、思った以上に好成績をあげ、宣伝効果もあったため、三年目には今までよりもたくさんの資金が注ぎ込まれた。

だが、そのことがチームに暗雲をもたらすことになったのかもしれない。

もちろん、その頃の俺にそんな冷静な分析ができたはずもなく、ただひたすら自分に降りかかる火の粉を払うだけで精一杯だったのだけれど。

その頃の俺——二十八歳の赤城直輝《なおき》ならこう言っただろう。

「くだらないことなど考える必要はないさ。自転車選手なら、ただペダルを踏んでりゃいいんだよ」

本当はもう気づいていたのだ。ペダルを踏むだけでは、到達できない場所があるということに。だが、それを認めるのは恐ろしかった。

二十四で俺はスペインに渡った。目標はただひとつ、ヨーロッパでロードレースの選手になることだ。

だれもが無謀な行為だと言った。もちろん十代の頃から自転車には乗っていたが、それまでの成績はさほど華々しいものではなかった。ジュニアのレースで何度か優勝したことはあったが、世界選の日本代表に選ばれたわけでもなく、輝かしい将来を期待されていたわけでもない。

だからこそ、俺はスペインに行く決断をしたのかもしれない。このまま普通にやっていれば、せいぜい実業団のチームのアシストが関の山だ。なんとかして自分を追いつめなければ、壁を破ることなどできない。

スペインには三年半いた。バスク地方のサン・セバスチャンという都市に住み、地元のアマチュアロードレースチームに加わった。

バスク人は、ほかの地方のスペイン人たちのように、やたら陽気なわけではなく、無口で少し気難しい。そこが好ましく感じられて、馴染《なじ》めそうな気がした。

最初の一年は、貯《た》めた金を切り崩しながらスペイン語を勉強し、次の年から日本人向けのガイドをして糊口《ここう》をしのいだ。

だが、三年経《た》っても、なにも変わりはしなかった。

ときどき、チーム内でエースとして走ることはあったが、夢に描いていたように、どこかのプロチームからスカウトされるようなこともなく、自慢できるような華やかな勝利実績もない。

少しでも未来に希望が持てれば、今がつらいことには耐えられる。恐ろしいのは先が見えないことだ。

夜、狭くて小さなベッドにもぐり込むたびに、息苦しさに喘《あえ》いだ。この先もなにも変わらない。自分はただのアマチュア自転車乗りのまま、この異国で少しずつ朽ち果てていくのだと思った。スペイン語はうまくなったが、ただそれだけだ。大した経歴もないまま日本に帰っても、働き口が見つかるとは思えない。だからといって、スペインに骨を埋《うず》める覚悟もなかった。

そう考えはじめれば、なにもかもがつらくなる。

乾いた空気も、スペイン語の響きも、舌を刺すように鮮烈なオレンジの味も。このままでは、自転車に乗ることすら苦しくなるような気がした。そんなとき、オッジからスカウトの話がきた。負け犬のように逃げ帰るのではなく、プロになるために日本に帰れる。俺は一も二もなく、その話に乗った。

そのことを後悔するわけではない。だが、ときどき思うのだ。自分は逃げたことに変わりはなく、そして逃げはじめた人間は逃げ続けなければならないのだと。

ペダルが急に重くなった。

坂に差し掛かったのだ。たぶん、歩いていれば意識もしないほどわずかな勾配《こうばい》だ。だが、ペダルの感触はあきらかに違う。そう、それは劇的なほどの変化だ。先ほどまでくるくると回すだけで動いていたペダルに、急にしこりのような抵抗が生じる。

もちろんこの程度の坂で速度が変わることもなく、息が乱れることもない。だが、感触の違いは脚に伝わってきて、それがおもしろい。徒歩ならば気づかないことが、自転車に乗っていればわかる。

ロードバイクに乗り始めて、すでに十年以上経つ。今では、歩くよりも、ただ立っているよりも、自転車の上にいる方が楽だ。そう言えば多くの人は驚く。

身体《からだ》が自転車によって変えられるのだ。自転車に、乗る人間の癖がつくのと同じことだ。歩くのに必要な筋肉は次第に衰え、ペダルを回す筋肉だけが発達してくる。

「あいつ、また……かよ」

チームメイトたちが交わしている会話が耳に飛び込んできて、俺は眉《まゆ》を寄せる。

日本に帰ってから、いちばん不快に感じたのが、聞きたくもない会話を聞かされることだ。

電車の中、ふと入った喫茶店の中、そしてこんなふうに練習中でも、会話は耳に飛び込んでくる。

スペインではそうではなかった。仲間たちと酒を飲みながら談笑し、理容店で髪型の注文をつけられる程度にはスペイン語が達者になっても、頭のスイッチはいつでもオフにできた。聞こうとしなければ、通りすがりの会話など耳に入ってこなかったのだ。

なぜか日本語はどうやっても、スイッチを切ることができない。それが不快な会話であるほど、暴力的に耳に侵入してくる。

チームメイトは、今ここにいないひとりの選手について語り続けている。

「先週も休んでただろ」

「乗鞍《のりくら》に行ってたらしいぜ。あっちで見かけた奴《やつ》がいるらしい」

「いい気になってるんだろ。ちょっと名前が売れただけで」

俺は周囲に聞こえないように小さく舌打ちをする。

日本人は陰湿だ、と言う人間がときどきいる。それには正直なところ同意しかねる。スペインにも陰湿な奴はいた。日本人は他人に影響を受けすぎる。つまり、陰湿さは簡単に伝染していく。

彼らが話しているのは、石尾豪《いしおごう》という新人のことだ。

今年、オッジに入ったのは俺と石尾のふたりだけだ。そして、ふたりとも同じようにうまくチームに馴染めずにいた。

スペインに行っている間も、インターネットを使って日本の自転車界のことはチェックしていたが、石尾の名前は聞いたことがなかった。

なんでも、ジュニアのチームにも、大学の自転車部にも属していなかったという。

「ヒルクライム荒らしだったらしいぜ」

チームで唯一《ゆいいつ》親しくなった熊田《くまだ》という選手がそう言った。

アマチュアも参加できるレースで、プロ顔負けの成績を残していく。そんな石尾に、オッジの山下監督は興味を持ってスカウトしたのだという。

だが、彼は頭からチームメイトたちとうまくやっていく気などないようだった。理由もなく練習を休む。チームメイトだけではなく、一緒に入った同期とでも言うべき俺とも、ほとんど口をきかない。

「まるで山猿だ」

チームのエースである久米《くめ》が、吐き捨てるように言ったのを聞いたことがある。久米に決して好感を抱けない俺も、「うまいことを言う」と思った。

小柄で細く、やけに手足が長いクライマー体型は確かに猿を思わせたし、平坦《へいたん》の練習を嫌い、山岳にしか興味がないところはたしかに山猿だ。だが、それだけではなく石尾には、どこか人に馴れぬ獣のようなところがあった。

空気を読むことや歩調を合わせることに、まったく関心がないようだった。久米やその取り巻きたちに反発するわけでもないが、かといって自分のペースも崩さない。陰でなにを言われているかも、気にしてないように見えた。

普通ならばそんな協調性の欠片《かけら》もない態度は、監督から注意を受ける。実際に、山下監督も何度か言ったらしいが、それでも石尾の様子は変わらなかった。

しかし、オッジに入って三ヵ月も経たないツール・ド・ジャポンで、彼はめざましい活躍を見せた。新人にもかかわらず、山岳ステージで海外の有力選手たちと激しいデッドヒートを繰り広げ、三位に食い込んだのだ。ノーマークだったからこそできた活躍だったのは確かだが、それでも資質がなければ戦いの舞台にあがることすらできない。まだ二十五歳の若者の活躍に、ジャーナリストたちは色めき立った。

山では「まぐれ」は存在しないのだ。石尾に才能があることは疑いようのない事実だ。

結果を出せば、監督の矛先も自然と鈍ることになる。

本当のところ、俺にもわからない。石尾が好き勝手に振る舞うのは、もともとそういう性格だからなのか、それとも血が滞《とどこお》って澱《よど》んだようなこのチームの空気が不愉快だからなのか。

少なくとも、俺はたった数ヵ月ですっかりこのチームに嫌気がさしてしまっていた。そういう意味では、石尾のふるまいを痛快に思わなくもなかった。

久米たちが、石尾だけではなく、俺のことも受け入れようとしないのは、そんな内心を感じ取ってのことだろう。

このチームのことは少しも好きになれなかった。だが、なにより嫌になるのは、たった九人かそこらの集団ですら、居場所を作ることのできない自分だ。

スペインにいるときは、なにかうまくいかないことがあっても、自分に言い聞かせることができた。俺は異邦人だからだと。

今ではそんな言い訳はできない。

もちろん言い訳を探そうと思えば、いくつか探すことはできただろう。日本人の気質のせいだとか、久米と性格が合わないことや、石尾がいるせいで生じる不穏な空気のせいだとか。

だが、もう俺は気づいてしまっていた。結局のところ、そんなのは自分を宥《なだ》めるだけに過ぎない。うまくいかないのは、ほかのだれでもなく俺のせいで、それはスペインにいるときだって同じだったのだ。

その日、練習が終わってから監督に呼び止められた。

「赤城、少し話がある。食事にでも行かないか」

佐野が見咎《みとが》めるように、ちらりと視線を投げかけた。久米の腰巾着《こしぎんちゃく》のような男だ。どうせご注進に及ぶつもりなのだろう。

山下監督とは、まだスペインに渡る前、実業団のチームにいたときに知り合った。彼がスペインにやってきたときにすべての旅程を手配し、ガイドを務めたこともある。さほどつきあいが深いわけではないが、不思議と波長が合うところがあった。

シャワーを浴び、着替えを済ませてから監督と一緒に出かけた。連れて行かれたのは、居酒屋と定食屋のちょうど中間といった感じの店だった。

店の隅のテーブルで、俺は監督と向かい合った。ビールと料理をいくつか注文してから、監督は話をはじめた。

「おまえに、石尾のことで少し頼みがあるんだ」

俺は少し驚いて、濡《ぬ》れたビールのジョッキから手を離した。てっきり俺がチームに馴染めてないことについて、なにか言われると思っていた。

「石尾がどうかしたんですか？」

彼は俺のその質問には答えず話を進めた。

「石尾とはよく話をするか？」

「あまり……というより、ほとんどしませんね」

監督は失望したような顔をした。

「気が合わないか？」

「合うか合わないかもよくわかりませんよ。自分から話をするわけでもないですし。何度か話しかけたことはありますが、あまり会話も続きませんでした」

石尾は必要なことしか喋《しゃべ》らない。だが、本当に必要な会話などさほど多くはない。

監督は、つきだしのきゅうりと穴子を箸《はし》でかき混ぜた。

「実は石尾の相談役になってやってほしい」

「俺がですか？」

監督は頷《うなず》いた。

「あいつが相談役を必要としているようには思えませんが」

「だが、この状況で悩まない奴などいないだろう」

エースである久米に目の敵《かたき》にされ、そしてほかのチームメイトも久米の側についている。

不快でないはずはない。久米もさすがに、目に見える嫌がらせをするわけではないが、石尾に対する不快感を隠そうとはしない。そのことでチームの中に、ぴりぴりとした嫌な緊張感が張りつめている。

俺は少し考え込んだ。石尾は悩んでいるのだろうか。今の状況を歓迎しているわけではないだろうが、それでも悩んだり、ストレスをためたりしているようには見えない。

監督はビールを半分ほど飲むと、音を立ててジョッキを置いた。

「正直に言う。石尾を手放すなというオーナー命令が出た」

頼んでいた金目鯛《きんめだい》の煮付けや、サラダなどが運ばれてくる。俺たちは少し黙った。

「どういうことですか?」

監督は、魚の身をほぐしながら言った。

「おまえとは二年の契約だが、実のところ石尾とは一年しか契約を結んでないんだ。海のものとも山のものとも知れなかったからな」

だが、石尾はツール・ド・ジャポンで予想外の活躍を見せた。ほかのチームも彼に目をつけたはずだ。よそからの移籍の話もくるかもしれない。そこで、オーナー命令が出たというわけだ。

「契約の延長を提案すればいいじゃないですか」

「したが、シーズン後半まで決めるつもりがないと言われた」

「へえ」

少し興味が出てきた。彼が答えを先延ばしにしたのは、久米との関係がうまくいってないせいかもしれないが、もしかすると自分を高く売ることを考えているのかもしれない。

「久米さんとの契約はどのくらい残っていますか？」

そう尋ねると監督は苦い顔をした。

「あと二年だ」

「なるほど」

自然に笑みが漏れた。監督はそんな俺を冗談めかしてにらみつけた。

「相変わらず勘のいい奴だな。そうだよ。だから困ってるんだ」

石尾にこの先、契約の延長を受け入れさせるには、エース扱いを約束するしかない。ほかのチームはその条件で石尾を取ろうとするはずだ。だが、久米との契約も残っている。

もちろん大きなチームならば、エースがひとりだと決まっているわけではない。しかし、久米もクライマータイプで脚質はほぼ同じだ。脚質が同じエースは、ふたりも必要ないのだ。

「誤解するなよ。久米の契約を切るつもりはない。彼が走れないわけではないし、違約金を払うことになるのは痛い」

つまり、最低でも来年一年、チームは久米と石尾をダブルエースとして置いておきたいというのだ。

「久米さんが納得しますかね」

「するはずないだろう。だから、石尾を説得するしかないんだ」

あくまで久米がエースであるという条件で、それでも石尾に契約を延長させる。そんなことができるのだろうか。

「久米さんと石尾の関係が良好なら、まだ可能性があるんですけどね」

今の状況では、どう考えても石尾は別のチームからの誘いに乗るだろう。

「久米の性格からして、奴から歩み寄るのは無理だな」

監督はそう言ったが、俺から見れば、石尾だって似たようなものだ。彼が久米に尻尾《しっぽ》を振るとは思えない。

「それとも、はっきりとどちらが本当に強いか勝負がつけば……ふたりとも納得するかもしれないな」

ひとりごとのように監督がつぶやいた。

どきりとした。

監督が意図的に口に出したのかどうかはわからない。だが、その希望を叶《かな》えるために導き出される答えはひとつしかないのだ。

久米が石尾を負かして力を見せても駄目だ。それでも石尾の資質を欲しがるチームはあるだろうから、石尾は出ていくだろう。

石尾が久米を叩《たた》きつぶしてはじめて、望む結果になる。久米は負けたとしても契約があるから動けない。彼が自分から契約を破棄してチームを出ていけば、チームは違約金を払う必要もない。

だが、それは簡単なことではない。自転車ロードレースの選手のピークは二十代後半から三十代はじめである。久米は今三十歳でちょうど選手としてのピークの時期に当たる。石尾がいつか彼を追い越すことは確実だとしても、それは今ではないだろう。

「まあ、おまえに石尾を説得することまで頼むつもりはないよ。それでもあいつと親しくなって、愚痴を聞いたり、面倒をみたりしてやってくれないか」

「それは別にかまいませんが……」

ふと思った。監督がこんな話をするのは、やはり俺のチームでの位置のことを心配したのかもしれない。久米の天下はもう長く続かないのだとわかれば、多少は居心地の悪さも減る。

まあ、石尾とうまくやれるかどうかもわからないが。

山猿を手なずけるには、どんな方法が効果的だろう。

そんなことを考えて、俺はひとり笑った。


坂の下から見慣れた自転車が登ってくる。俺は飲んでいた水をボトルケージに戻した。

手足の長い特徴的な体型や、身体《からだ》を振るようなダンシング。ヘルメットやゴーグルを身につけていてもすぐに石尾だとわかる。

「よう」

俺に気づくと、彼は驚いたように目を見開き、足を止めた。

「偶然ですね」

口許《くちもと》がかすかにほころんだ。挨拶《あいさつ》程度の笑顔だが、少なくとも嫌な顔はされなかったことにほっとする。

石尾が休みの日、よくこの山を登っているという噂《うわさ》は聞いていた。昼間の日差しが強い真夏では、練習に向くのは早朝だ。偶然を装《よそお》うことは難しくない。

石尾はまたペダルを踏み始めた。立ち話をするつもりはないらしい。あわてて、俺も後に続く。

縦に並んで坂道を登った。次第に勾配《こうばい》が険しくなってくる。

後ろから石尾を観察する。

胴が短く手が長いせいで、小柄な割に自転車とのバランスは悪くない。全体的に見れば、華奢《きゃしゃ》だと言っていいのに、太股《ふともも》と尻《しり》の筋肉だけがやけに発達し、張り出している。まだ若いのに、ベテランクライマーのような身体だ。

それだけ練習を重ねているのか、それとも生まれつきこうなのか。

次第に勾配がきつくなる。息が乱れはじめるのを感じて、俺は眉間《みけん》に皺《しわ》を寄せた。ピレネーを練習場所としてきたから、こんな山程度どうってことはない。だが、石尾のペースが速すぎるのだ。

——マジかよ。

先頭交代をするとき顔を見たが、石尾は特につらそうでもなかった。どちらかというと、力を抜いてリラックスしたような表情で、俺に張り合って無理をしている様子もない。

だんだん、先頭に出ることも苦しくなってくる。俺が先頭に出ても、すぐに石尾が追い抜きにくる。俺のペースでは不満なのだろう。

今までチームの練習では、こんなに圧倒的な力の差を感じたことはなかった。協調性がないと思っていたが、石尾は石尾なりに合わせようとしていたのかもしれない。

石尾が後ろを振り返った。俺が苦しんでいることに気づいたようだ。少しペースを落とす。

俺は手で、「先に行け」と合図を送った。情けをかけられているようで気分が悪かった。

石尾は、正面を向くとギアをインナーに入れた。俺は息を呑《の》んだ。まだ足に余裕があるらしい。

石尾の背中は少しずつ離れていった。どうあがいても追いつくことはできない。

遠ざかる背中に向かって、小さくつぶやいた。

——化け物め……。

猿のような背中はやがて見えなくなった。

先に行ってしまったかと思ったが、石尾は山頂で待っていた。

「速いな」とも「すごいな」とも言いたくはなかった。負けは明らかだったとしても、プライドはある。

俺はメッセンジャーバッグの中を探って、アルミホイルに包んだサンドイッチを石尾に差し出した。

「食うか？」

「いいんですか？」

「ああ、多く作りすぎたんだ。嫌じゃなきゃ食えよ」

石尾は素直に受け取って、アルミホイルを開いた。挟まれているのは、カリカリに炒《いた》めたじゃがいもを入れてみっしりと焼いたトルティージャだ。糖質とたんぱく質、そして多すぎない脂質とバランスがいい。

一口齧《かじ》って彼は言った。

「うまいな」

「餌付《えづ》け成功」と心でつぶやく。

自分の分のサンドイッチを食べながら、俺は言った。

「石尾、ロードレースってのは団体競技だよ」

石尾は驚いたように俺を見た。

「知ってますよ」

そして刺々《とげとげ》しく付け加えた。

「だから嫌いです」

直球を投げられて、俺は少し笑ってしまった。

「そうか、嫌いかあ」

彼はちょっと拍子抜けしたように俺を見た。

「嫌いです。正直、ヒルクライム以外は興味ないんです。集団とうまくやっていく自信もないし、アシストするのも向いてない」

彼の自己分析はたぶん正しい。

「じゃあ、どうしてオッジに入ったんだ」

「監督にはそう言って断りました。でも、それでもいいからと言われたんです。たしかにツール・ド・ジャポンなどはプロでなければ出られないレースだから、興味はあった」

　どうやら、俺が思っていた以上に山下監督は石尾に執着していたらしい。オーナー命令というのも嘘《うそ》ではないだろうが、彼が焚《た》きつけたのかもしれない。

　だが、先ほど一緒に走ってよくわかった。俺が監督でも同じことを言ったかもしれない。集団に入ってしまえばそれなりに馴染《なじ》んでいくしかないし、力があれば多少のわがままは通るだろう。

「そうか。嫌いか」

　そう言いきれる石尾がなぜか羨《うらや》ましかった。

「俺は駄目だな。さっさと諦《あきら》めた方がいいと思っているのに諦めきれない。嫌いになれればいいのにと思うよ」

「どうしてですか？　赤城さんならプロとしてやっていけるでしょう」

　そう、うまく立ち回り、高望みをしなければぎりぎりプロを続けていくことはできるかもしれない。だが、それが俺の望んだ未来だとはとても思えなかった。

　俺のことはどうでもいい。アルミホイルを丸めると、俺は石尾に尋ねた。

「来年はどうするつもりだ。辞めるのか」

「一応、よそから打診はあります。でも、まだ決めてない。どこに行っても結局は同じかもしれない」

オッジに残ることは選択肢には入っていないようだった。久米が専制君主のように振る舞うオッジでは、確かに石尾の居場所はない。しかも、ロードレースを続けるかどうか迷っているというのなら、なおさらだ。

もっと条件のいいチームで我慢してみるか、それとももうすっぱりとやめるか。

石尾はしゃがんで俺を見上げた。

「監督に頼まれたんですか。俺に説教しろって」

「ん、ああ。でも、説教しろと言われたわけじゃない。おまえがもし悩んでいるなら話を聞いてやれと言われただけだ」

石尾はなぜか笑った。目つきの険しさが消え、急に幼い顔になる。

「嘘はつかないんですね」

「ついてもしょうがないだろう」

石尾は立ち上がって、自分の自転車に手をかけた。

「じゃあ、俺、もう行きます。サンドイッチ、ごちそうさまでした」

これ以上言うことはないという合図だろう。俺は頷《うなず》いた。

「ああ、またな」

坂を下っていく石尾の背中を見送る。なぜか胸にちりちりとした痛みを感じた。

日本ではまだ自転車ロードレースはメジャーなスポーツとは言えない。自治体の協力も得られにくいことから、公道レース自体がさほど多くはない。

その中で「北海道ステージレース」は、ツール・ド・ジャポンと並ぶステージレース——数日間に亘《わた》り、宿泊しながらレースを続け、総合優勝者を決めるレース——である。

この北海道ステージレースには、もちろんチーム・オッジも参加することになっていた。発表された参加選手の六人には、石尾と俺も選ばれていた。

もしかすると、監督はこのレースで石尾がツール・ド・ジャポン以上の活躍を見せることを望んでいるのではないか。

今年は、三日目が羊蹄山《ようていざん》、四日目がニセコというふたつの山がコースにあり、クライマーたちの活躍に注目が集まっている。

ツール・ド・ジャポンでの活躍は、チーム内ではビギナーズラックで片付けられた。だが、ここで石尾がもう一度久米を負かせば、チームの空気は確実に変わる。チームメイトも今ほど久米の味方ばかりをすることはなくなるはずだ。

ほかにも大きいレースはあるが、いずれも十月以降になる。そのときまでには、石尾は来年どうするかの結論を出しているだろう。

石尾がどう考えているかは、山下監督には伝えた。監督は渋い顔をして頷いただけだった。

参加選手の発表やコースレイアウトの説明が終わり、ミーティングルームを出たときに、だれかが俺の耳許で囁《ささや》いた。

「少しスペインで走っていたからって、いい気になるな」

驚いて足を止めた俺の横を、彼は通り過ぎていった。佐野だった。

彼は今回の出場メンバーに入っていなかった。正直、さほど実力のある選手ではないから、不思議だとも思わなかった。

後ろで低い笑い声が聞こえた。振り返ると、石尾が壁にもたれていた。

「嫌み言われましたね」

「別に大したことじゃないさ」

選ばれたからこそ、妬《ねた》みも受ける。だが、選ばれなかったもののつらさはそんなものではない。

あの「餌付け」から、ときどき石尾とは話をするようになった。だが、それでも彼が無口で、なにを考えているのかわからないことには変わりはない。

石尾は佐野の背中を見送りながらつぶやいた。

「自分の頭で考えることのできる奴《やつ》じゃない」

「辛辣《しんらつ》だな」

「彼が言っているわけではなく、ボスがそう言っているんですよ」

石尾は不快そうにそう言った。久米のことだ。

確かにありそうな話だった。目標に到達できず、逃げて帰ってきたことは俺のコンプレックスだったが、それでも海外のチームにいた実績があるというだけで「それを鼻にかけている」と思う奴はいるかもしれない。

「そう思われるような行動を取ったのかもしれないな。気をつけないと」

石尾はまた笑った。

「赤城さんは人がいい」

「保身に長《た》けてるだけだ」

久米のことを考える。たしかにやっかいな男だった。

実力はある。これまでの勝利実績もあるし、なにより三年前にできたばかりのオッジを引っ張ってきたリーダーは間違いなく彼だ。

だが、彼はリーダーというのにはあまりにも権力を振りかざしすぎる。

まるで、付き人のようにチームメイトに自分の雑用をさせる。普通なら、選手が自分でつけるゼッケンなどもチームメイトにつけさせるし、練習後の自転車のメンテまで押しつける。正直、尊敬できるような人間ではない。

「ああいう男は、自分がいちばんでないときにはどう振る舞うのかな」

今は確かに久米がいちばん強い。だが、そうでなくなったとき、彼の態度がどう変わるのか興味があった。

石尾は軽く肩をすくめた。

「さあ。そうなってみないとわかりません」

俺は石尾をまじまじと見た。

「なんですか?」

「いや、なんでもない」

本当は思ったのだ。この男がエースになったとき、彼も変わるのだろうかと。

北海道ステージレースの一日目は、スプリントステージだった。スプリンターを抱えていないオッジは、集団の中で息をひそめるようにその日をやり過ごした。久米か石尾が勝負に出るのなら、それは三日目と四日目だ。そこにいたるまで力を蓄えておかなければならない。

二日目もコースは平坦《へいたん》だった。だが、この日は一日目のようなわけにはいかない。

チームタイムトライアルだ。

通常のタイムトライアルは、ひとりで決まった距離を走る。チームタイムトライアルは、チーム全員でその距離を走りきるのだ。そして、その成績はそのまま総合成績に反映される。

つまり、チームタイムトライアルで優勝したチームから一分遅れると、そのチームの選手全員が総合成績で一分の遅れを取ることになる。差がつきやすい競技だから、その結果は確実に総合成績に響いてくるのだ。

オッジは決してタイムトライアルに強いチームではない。ここで勝つことは無理だが、それでも少しでも上を狙《ねら》うのなら、タイム差は最小限に抑えなければならない。

オッジの出走順は、ちょうど真ん中あたりだった。

スタートの合図とともに、全員が飛び出した。

チーム全員がひとかたまりになって速度を上げていく。

通常の練習や、集団から逃げている最中ならば、全員が均等に先頭交代することが必要だが、チームタイムトライアルはそうではない。

力のあるものが少しでも長く引くこと。それが必要なのだ。

俺もスペシャリストではないが、比較的この中では独走力はあるほうだ。なるべく前に出て、チームを牽引《けんいん》する。

石尾はしれっとした顔で、いちばん後にくっついている。それでもなにも言われないのは、石尾が引けばペースが落ちることをみんな知っているからだ。

チームタイムトライアルの特徴はもうひとつ、成績は四人目の選手がゴールした時間で決まるということだ。レースの参加人数によっては五人目、六人目のこともある。

つまり、ひとりかふたり、強い選手が独走しても、それでレースは決まらない。必ず四人目まではひとかたまりでゴールしなければ意味がない。

逆に言えば、ふたりまでは遅れてもいいことになる。落車やパンクなどのアクシデント、また力尽きるものがいても、ふたりまではチームタイムトライアルの成績に響かない。もちろん、遅れた選手自身の総合成績には響いてくるが。

コースの中程に、小さな丘があった。上り坂になったとたん、石尾が前に出た。

どうやら、彼は彼なりにチームに貢献しようと考えているらしい。チームがばらばらではこの競技は成績を残せない。あくまで一丸となって戦わなければならないのだ。

正直、スタートを切る前は、この二日目がいちばんの難所だろうなと思っていた。ぎくしゃくしたままでは、成績はひどいものになるだろう。

だが、悪くない。額に滲《にじ》む汗を感じながら、俺は笑った。

少なくとも利害が一致すれば、ひとつになることはできる。

石尾は団体競技だから嫌いだと言った。だが、俺にとってはそうではない。仲間と走ることに喜びを感じるから、などという理由ではない。

団体競技だからこそ、戦略はひとつではなく無数に広がる。ひとりなら、ただ全力を尽くしてそれで終わりだ。

コースは残り五キロ地点に差し掛かった。一位とのタイム差はまだ三十秒。まだこの先強豪チームが控えているとはいえ、今の時点では悪くない成績だ。

幸い、ここまではだれひとり欠けず、六人でやってきた。だが、ここにきて石尾が遅れがちになる。

脚がもう限界なのだろうか。振り返ると、前五人と石尾との間に、わずかな間隔が空いていた。

ここにきて、石尾に合わせるわけにはいかない。遅れたのは彼の問題だ。俺は前に出て速度を上げた。

最後の力を振り絞って、ペダルを回す。後ろを見ると、石尾は少し間隔を空けたまま ついてきていた。完全に力尽きたわけではなさそうだ。

残り二キロのマークを横目で確認する。さすがに脚は疲れ切っている。後ろにまわろうと速度を落としたときだった。

ギアのあたりに鈍い衝撃が伝わった。バランスを崩した自転車は、横倒しになる。息を呑《の》んだ。だが考える前に、馴《な》れた身体《からだ》からは自然に力が抜ける。

落車だ。肩が強く地面に打ち付けられ、バウンドした。自転車が遠心力で滑っていくのが見える。

チームカーが止まり、監督が飛び出してくるのが見えた。

「おい、大丈夫か」

ゆっくりと起きあがり、関節を回してみる。脇腹《わきばら》は痛んだが立ち上がることもできる。とりあえずは、大丈夫のようだ。

俺の無事を確認すると、監督は新しい自転車をチームカーから下ろした。俺はそれにまたがった。見れば、石尾も足を止めていた。

ビンディングペダルにシューズをはめて漕《こ》ぎ出すと、石尾もついてくる。残り距離は少ないが、ひとりで行くよりはふたりで行く方が速い。

石尾が小さく言うのが聞こえた。

「やられましたね」

俺は頷《うなず》いた。

「ああ」

なにかに躓《つまず》いたわけでも、タイヤが滑ったわけでもない。あの瞬間、俺の自転車をだれかが横から蹴《け》ったのだ。

唇をきりきりと噛《か》んだ。ゴールゲートが見える。

こんなに苦いゴールは生まれて初めてだった。

チームタイムトライアルの成績に必要なのは四人。

つまりふたりは必要ない。石尾は黙っていても切れたから、あとは気に入らない俺に鉄槌《てっつい》を喰らわすチャンスだと思ったのだろう。

別のチームならばもちろん反則だ。だが、同じチーム内でそんなことを訴えても、醜態を晒《さら》すだけだ。

ホテルの部屋に戻ると、俺は傷を確認した。肩と肘《ひじ》、そしてふくらはぎを見事に擦りむいている。肩には青い打撲痕《こん》も残っている。脇腹もずきずきと痛んだ。

だが、骨折がなかっただけでも良しとしなければならない。

ルームメイトは石尾だった。そのことにほっとする。蹴ったのがだれかは確認できなかった。だが、こんなことがあったあとで、久米の一派と同じ部屋で眠るなんてできそうもなかった。

少し遅れて戻ってきた石尾に尋ねた。

「気づいていたのか？」

「え？」

「だから、わざと遅れたんだろう」

おかしいと思ったのだ。離れてついてくる脚があるのなら、切れることはない。一緒に走る方が楽なのだから。

石尾は首を傾《かし》げた。

「確信があったわけじゃないです。でも、遠野《とおの》さんがじろじろと俺のペダルやギアのあたりばかり見ていたから、少し気持ちが悪かった」

なるほど、遠野か。いつも久米の使い走りをやらされている男だ。最初に狙っていたのは石尾だろう。だが、石尾が遅れたから、俺がターゲットになった。こんなことはチームタイムトライアルのときしかできない。ほかのチームの選手に目撃されるわけにはいかない。

石尾は吐き捨てるように言った。

「もうたくさんだ。こんな面倒な競技ごめんです。ひとりで坂を登っている方がどんなにいいか」

俺は、ぼんやりと天井を眺めた。

ひどいことをされたのは事実で、眠れないほど腹が立っているのも事実だ。だが、一方ではっきりとわかった。たとえこんなことがあったとしても、俺はロードレースを嫌いにはなれない。

ここまでくれば、ただの執着なのかもしれない。自然に笑みが漏れた。

「赤城さん、どうかしましたか?」

「石尾、ツール・ド・フランスに出たくないか?」

彼は驚いたように目を見開いた。

「出られるわけないじゃないですか。赤城さんは出られると思っているんですか？」

「そうだよなあ。出られるわけないよなあ」

そう、スペインから逃げ帰ってきたときからそんなことはよくわかっている。結局、あそこまで行っても、俺は夢に指先すら触れることはできなかった。まだこんなことを言うのは、月を欲しがって泣く子どもと同じだ。

「でも、出たいんだよ。あそこで走ってみたいんだ。可能性としたら、〇・〇〇一パーセントくらいかな。でも、おまえだったら〇・〇一くらいは可能性があるんじゃねえの？」

「どちらも限りなくゼロに近いことは一緒ですよ」

石尾は指折り数えて笑った。俺はベッドに倒れ込んだ。

「でも百倍違う」

「なあ、石尾。俺をツール・ド・フランスに連れてけ」

「無理ですって」

沈黙が部屋を支配する。ふいに、石尾に激しい怒りを覚えた。

俺が石尾なら、ロードレースをやめたりしない。たしかに彼の言うとおり無理かもしれないが、それでも彼の才能があれば、俺よりも先まで行ける。それは確かだ。

——むかつく。

石尾がなぜか、ふうっとためいきをついた。ゆっくり起きあがった俺に、彼はこう言った。

「じゃあ、赤城さん、俺のアシストしませんか？」

翌日のゴールは羊蹄山の山麓《さんろく》だった。

完全な山岳コースとは言えないが、アップダウンの多いコースでクライマーにも可能性はある。

ミーティングは、久米中心に戦略が組まれた。あくまでも全員で久米をアシストすること、彼のペースに合わせること。監督はそう言ったが、俺は知っている。たとえ、石尾が暴走しても、監督は彼を止めないだろう。

そして俺のことも。

傷は痛むが、むしろその痛みが俺を奮い立たせる。だからまだ戦える。

ミーティングが終わると、熊田が話しかけてきた。

「大丈夫か？」

その後では、塩谷《しおたに》も心配そうな顔をしてこちらを見ていた。

その視線で気づいた。久米はやりすぎたのだ。

ただ追従しているだけの人間も、やり方が汚すぎると不快感を抱く。

そう考えれば、昨日のあの事件も悪いことだけではなかったのかもしれない。

「ああ、大したことじゃない。鎮痛剤ももらったから、あとで飲むよ」

俺はそう言って笑った。

スタートが切られ、俺たちはまた走り出す。

石尾は俺の少し後についていた。視線を合わせる。

俺はそっと脇腹を撫《な》でた。薬で抑えても、じくじくする痛みはまだ残っている。せめてこれがひどくならないようにと祈る。

走りながら思った。北海道の景色は、ヨーロッパに似ている。俺が住んでいたピレネー近くでもときどきこんな景色があったし、たまにレースで遠征したドイツなどにはもっと似たところがあった。

牧場や、遥《はる》か先まで見える平野、そしてなだらかな山も懐《なつ》かしい風景を思わせる。

心に描いてみる。ここがヨーロッパで、自分がその中で走っているのだと言い聞かせてみる。

ひんやりとした風が耳や首筋をなぶっていく。その心地よさに身をまかせた。

車も好きだが、それでもこの感覚は自転車でなければ味わえない。風とひとつになるような感覚。

数人の選手がアタックしては、またつかまる。それを繰り返しながら大集団《プロトン》は進んだ。

最大の登りに差し掛かったのは、スタートを切ってから三時間半が経《た》ったあたりだった。

石尾がすっと俺を追い抜いた。俺もギアをインナーに入れて、ペダルに力を込める。

俺たちは、ほぼ同時に飛び出した。

ほかの選手たちも反応する。石尾はツール・ド・ジャポンの活躍で注目されている。あのときのようにノーマークの存在ではない。

追いつかれても気にしない。俺は前に出て速度を上げた。石尾を引く。

風景が俺たちの横を流れていく。追い風だから、ペダルが軽い。

耳許《みみもと》で、監督の声がした。

「久米がついていけてない。速度を落とせ！」

俺は無線を耳から抜いた。後ろを振り返ると、石尾も同じことをしていた。

すでに大集団は下の方だった。ついてきている選手も七人ほどだ。

俺もまだまだいける。そう思って、自然と口許が緩んだ。少なくとも日本では、充分プロとして通用する。

隙《すき》があったのだろう。ほかの選手が横から飛び出した。アタックだ。オランダチームの選手だった。

あわてて、速度を上げて彼をつかまえる。アタックを許すようではまだ遅い。俺はギアを軽くして、その分脚の回転を速めた。

だが、これ以上速度は上がらない。ぎりぎりだ。

少し後ろに、久米の姿が見えた。大集団から抜け出して、必死についてこようとしている。距離はそれほど離れていない。

汗が額から流れ、顎《あご》をつたって落ちる。忘れていた脇腹が熱っぽく疼《うず》いた。

ふいに耳許を風が通りすぎた。

はっと顔をあげて気づいた。石尾が前に飛び出していた。彼は軽やかに坂道を登っていった。

あの、はじめてふたりで走った日と同じように。

ほかの選手たちが石尾を追っていく。もう、俺には追えない。追う必要もない。

ずきずきとまた痛み出した脇腹を押さえながら、俺は遠ざかる石尾の背中を見送った。

嫉妬《しっと》と爽快感《そうかいかん》の混じった、ひどく複雑な感情だけが残った。


その日、石尾は二位だった。

優勝したのはオランダチームのエースで、優勝候補と言われている選手だった。オランダチームとは、チームタイムトライアルで一分半もの差をつけられていた。

まだ二十五歳の新人にしては、充分すぎる活躍だ。

久米も意地を見せて、三十秒差の五位に留まったが、それでも石尾に追いつくことはできなかった。

だが、ゴールしたあとの久米がどんな態度を取ったのか、俺は知ることができなかった。

ゴールした時点で、脇腹《わきばら》の痛みは耐え難いものになっていた。すぐに病院に行き、レントゲンを撮影してはじめて、肋骨《ろっこつ》が折れていることがわかった。

全治一ヵ月。この先のステージはリタイアするしかない。

だが、さほど失望はなかった。やるべきことはこの二日間で充分やった。怪我《けが》など自転車選手には付き物だ。後々まで引きずるものではなかったことを、むしろ感謝していた。

テーピングをしてもらい、ホテルに戻った。部屋に入る前にロビーで飲み物を買っているときだった。

エレベーターが開いて、久米が降りてきた。俺に気づくと、はっと顔を強《こわ》ばらせる。

久米はまっすぐに俺の方に歩いてきた。小さな声で言う。

「調子に乗るのもいいかげんにしろよ」

陳腐なことばだ。思わず噴き出しそうになる。

浅黒い顔に、さっと朱が差した。

「ふざけるな」

俺はあわてて、腹部を手で防御した。今殴られてはたまらない。

少し身体《からだ》を引いて言う。

「大人しくしますよ。肋骨が折れてるんですよ。明日からはリタイアです」

彼は驚いたように目を見開いた。どうやら、俺が病院に行ったことも知らなかったようだ。

その横をすりぬけて、俺はエレベーターへと向かった。彼は追ってこなかった。エレベーターの扉が閉まると、俺は深く息をついた。

すぐ近くで見た久米の目には、見慣れた感情が宿っていた。

それは恐怖だった。


まったく嫌になる。そんな感情はいつだって鏡で見ているのだ。

怖いか。ああ、だれだって恐ろしいさ。

明日のレースで再起不能になる怪我を負うかもしれない。そうでなくても、才能のある若手は次から次へと出てくる。チームだっていつなくなるのかわからない。

もし久米が、石尾や俺の存在にはじめて恐怖を感じているのなら、言ってやりたい。

今頃気づいたのかと。

もともと、俺たちの足場なんてぼろぼろで、いつどうなるのかわからない。見ないふりをしているからやっていけているだけで、真剣に見てしまえば足がすくんで動けなくなる。

今まで気づいてなかったのだとしたら、おめでたいにもほどがある。

だれだって恐ろしいのは一緒だ。

だが、それでも俺たちは突き動かされて走るのだ。


エレベーターを降りると、俺は熊田の部屋を訪ねた。ちょうどルームメイトの塩谷はいなかったから中に入れてもらう。

「医者はどう言ってた？」

「肋骨をやられた。全治一ヵ月だ。まあ、のんびり休むよ」

彼は顔を歪《ゆが》めた。

やったことは同じでも、被害が大きくなればやらせた人間の罪は重い。俺がけろっとしているよりも、久米たちの立場は悪くなる。

「そういや、さっき監督から聞いたんだが……」

「なんだ？」

「チーム側は来年もなんとしても石尾を手放さないつもりらしいよ」

熊田は少し驚いた顔をした。

「だが、久米さんの契約はまだ残っているだろう」

「ああ、だから、久米さんがエースふたりという立場で満足するか、それとも自分で契約を破棄するかどちらかだろうな」

あえて、石尾がまだ答えを保留しているということは黙っておく。嘘《うそ》をつくわけではない。情報を小出しにするだけだ。

熊田は険しい顔で考え込んだ。

ほかにもどうでもいい話をいくつかして、俺は熊田の部屋を出た。

この話は静かにチーム内に広がり、石尾を守るだろう。来年以降石尾が残り、久米がいなくなる可能性があるのなら、久米にこびへつらう者も少なくなる。

専制君主は、この先も君臨するからこそ専制君主でいられるのだ。

自室のドアフォンを鳴らすと、石尾がドアを開けた。

こちらがなにか言う前に口を開く。

「監督から聞きました。災難でしたね」

「まあな」

俺は中に入って、ベッドに腰を下ろした。さっき飲んだ薬のせいか、眠気と倦怠感《けんたいかん》が強い。ごろりと横になる。

「役に立たないアシストで悪いな」

「そんなことないですよ。今日は本当に助けられました。もともと、明日はひとりで仕掛けるつもりでしたから」

そのことばを聞いて驚いた。

今日、あれほど好成績をあげたのにまだ満足していなかったのか。

「総合を狙《ねら》うつもりなのか？」

「まさか。今日、二位に入ってもまだ総合では十一位ですよ。しかも、総合上位は強豪ばかりだ。今から二分近い差を埋めるのは簡単なことじゃない」

ならば、もう一度ステージを狙うということか。今日、すべての力を使い切ったわけではないらしい。

睡魔が押し寄せてくる。俺は布団《ふとん》を引き上げた。

どちらにせよ、明日には俺の仕事はもうない。


翌日は雲ひとつない快晴だった。

俺は青でべた塗りしたような空を、忌々《いまいま》しく見上げた。こんな日に走れれば、さぞ気分がいいだろう。

帰らなければならないと覚悟していたが、朝、監督に言われた。

「痛みがひどくなければ、マッサーの仕事を手伝え。あとでチームカーに乗ってもいいから」

どうせ、家に帰ったって用事もなにもないし、看病してくれる女の子がいるわけでもない。ならば、レースを最後まで見届けられる方がいい。

マッサーの仕事は、単に走り終わった選手にマッサージをするだけではない。ボトルと補給食の準備や、補給地点で補給をするのも大事な仕事だ。

自転車ロードレースの選手は、食べることも仕事のうちだ。朝、充分にカロリーを摂取しなかったり、補給を取るタイミングが遅れると、ハンガーノックがやってくる。

俺も経験があるが、ただ「食べなかった」というだけで全身の力が抜け、ペダルを踏むことができなくなる。意志の力でどうなるものでもない。

だから、補給食もただエナジーバーだけではなく、サンドイッチや握り飯、アンパンや羊羹《ようかん》などの甘いもの、エナジードリンクなど多種用意する。種類が少なければ、選手の好みや体調に対応できない。

マッサーと一緒にボトルにスポーツドリンクを用意した。粉末タイプのドリンクをボトルに入れ、水で溶く。

マッサーたちの話題の中心は石尾のことだった。

「ツール・ド・ジャポンのときは、まぐれの可能性もあると思っていたが、ありゃあ本物だな」

「ゴール地点が手前なら優勝だったのにな。惜しかったよ」

昨日のゴール前には平坦《へいたん》区間があった。石尾はゴール前の峠こそ一位で通過したものの、ゴールスプリントで負けたらしい。

自分のチームからスターが出て欲しいのは、スタッフみんなの思いだろう。だからといって、それは少し身びいきが過ぎる気がして、俺は言った。

「相手は経験も実力も上ですからね。山頂ゴールならそれはそれで戦略を変えてきますよ」

「おっ、赤城くん、厳しいねえ」

「そりゃあ、嫉妬もありますから」

俺のことばに、みんなは笑った。冗談だと思ったのだろう。

「そう言えば、昨日久米さんをマッサージしているとき、気まずくて困ったよ。ああいうとき、石尾の話をしていいもんかねえ」

「いやあ、それはまずいだろ」

ロードレースは団体競技だから、本当ならば選手ひとりの勝利はみんなの勝利だ。

だが、いつもそうシンプルに物事が運ぶわけではない。

補給食の準備を終えると、今度は車で補給地点に向かう。ほかの選手たちはすでにスタートを切り、コースを走っている最中だろう。

補給地点は、ちょうどコースの中間あたりに設定される。路肩に車を停め、サコッシュと呼ばれる布袋に補給食を詰めた。

道路に立って、集団がやってくるのを待つ。走っているときよりも、時間の流れがゆるやかだ。

最初にやってきたのは五、六人の逃げ集団だった。オッジの選手は中に入っていない。

それから二分も経《た》たないうちに大集団がやってきた。チェーンの音が響く。

痛みのない方の手を伸ばし、サコッシュを差し出す。集団の中でも、石尾はひときわ小柄だからすぐわかる。

一瞬、目があった。彼は俺の手からサコッシュを受け取った。

後から久米もやってくる。久米の目はかすかに泳いだが、それでも俺からサコッシュをもぎ取る。

本当は少し取りにくくしてやろうかと思ったが、さすがに大人げないので止《や》めた。集団はあっという間に通り過ぎていった。続いてチームカーがやってくる。監督が手招きをするのが見えた。俺はマッサーたちに手を振ると、チームカーに乗り込んだ。

この後、マッサーたちはホテルに先回りして、帰ってくる選手のために、洗濯やマッサージの準備をする。

監督が運転し、助手席にはメカニックが乗っている。空いている後部座席に座る。

監督は振り向かずに言った。

「石尾はなんか言っていたか?」

「今日もやる気みたいでしたよ」

顔は見えなくても監督が笑ったのがわかった。

「若いから回復力があるな。必要なのは経験と戦略か。まあ、そんなものはあとからついてくる」

俺は窓の外に目をやった。

石尾のおかげで、スタッフたちはみな幸福な高揚感を味わっている。それでも石尾はまだロードレースが嫌いだというのだろうか。

車の座席には風は届かない。俺は羨《うらや》ましいような気分で、前を走る集団を見つめた。

山の麓《ふもと》に入る頃には、逃げ集団は吸収されてしまっていた。これから、三つ峠を越える。

石尾が勝てるとしたら、平坦区間までに登りで引き離して逃げ切るしかない。だが、二日続けて同じ手は通じないだろう。

ふいに、レース進行を告げる無線が言った。

「ゼッケン106、石尾が飛び出した」

息を呑《の》む。だが、一瞬思った。早すぎる。

監督も同じことを考えたのだろう。舌打ちをする。

数人の選手が石尾に続く。いずれも強豪選手揃《ぞろ》いである。昨日と同じ展開だ。

この早さではアタックは決まらないと思った。だが、石尾はぐんぐん集団を引き離していく。みるみるうちに、一分以上の差がつく。

——嘘だろう?

まだゴールまでは三十キロ近くある。アシストも連れずに、このまま独走するつもりなのか。

下手をすれば自殺行為だ。後で力を溜《た》めたほかの選手に追い抜かれる可能性もある。

チームカーは大集団を追い抜いた。石尾にトラブルが起きたとき、すぐに対処するために彼の後ろにいなければならない。

追い越すときに久米の顔が見えた。思ったほど動揺していない。

石尾は頂上をトップで通過し、そのまま下りに入る。

下りは体重の重さが武器になるから小柄な石尾は不利だ。だが、彼はうまく身体《からだ》を丸め、空気抵抗を少なくして坂を下っていた。追い付かれることはない。

ほどなく、次の登りがはじまる。また石尾が、リードを広げる。

俺の頭の中で黄信号が点《とも》る。ペースが速すぎる。いくら石尾に力があっても、このまま最後まで行けるのだろうか。

監督が無線を手に取った。

「無理はするな。大丈夫なのか?」

そう言ったあと、片手でハンドルを叩《たた》いた。

「無線外してやがる……」

強豪選手たちは必死で石尾を追う。昨日のレースでわかっている。石尾を逃がすわけにはいかない。

石尾がまた速度を上げる。登りとは思えない速さで坂を登っていく。

俺は小さくつぶやいた。

「化け物め……」

あまりのペースの速さに、強豪選手たちも脱落していく。いったいなにが起こっているのかわからない。

監督が額の汗を拭《ぬぐ》った。

「これがあいつの実力なのか？　だったらすげえぞ」

いつの間にか、俺の手のひらも汗でびっしょりと濡《ぬ》れていた。

だが、興奮のせいだけではない。どこかがおかしいのだ。

最後の登りがやってくる。石尾についていけているのは、たったふたりの選手だけだった。

石尾はまた先頭のまま坂を登った。スピードは落ちない。

ひとり、またひとりと石尾の速さについていけずに脱落していく。最後は独走だ。

監督がうわずった声で叫んだ。

「行け！　そのまま突き放せ！」

その声が聞こえたのだろうか。石尾は、振り返ってにやりと笑った。合図のように、手をひらひらとさせる。

だが、次の瞬間、石尾のスピードはがくんと落ちた。

「なんだ？　どうしたんだ？」

監督が不思議そうにつぶやく。

まるで急に力尽きたように見えた。まっすぐ坂を登ることもできないほどに。

「ハンガーノックか？」

俺は気づく。違う。そうではない。

チームカーの横をひとりの選手が登っていく。オッジの白いジャージ、グリーンのメットは久米のものだ。

彼はゆっくりと石尾を追い抜いていった。


その日のステージ優勝は久米だった。

ほかの強豪選手は、石尾に引っかき回されて、すっかりペースを崩してしまった。自分の実力以上の速さで登ることは、想像以上に体力を消耗する。

アシストたちを連れ、自分のペースを最後まで守った久米が、最終的に勝利を手にしたのだ。

その日の夕食は祝賀会になった。まだ残るステージもあるからバカ騒ぎをするわけにはいかないが、この後は平坦ステージばかりで、オッジが勝つのは難しい。最後のチャンスに最高の結果を出せたことで、チーム全員が喜びに浸っていた。

中心にいるのは久米だったが、彼の笑顔には複雑な感情が見え隠れしていた。それを確認して俺は少しほっとする。

この勝利の意味に気づかないようならば、久米は救いようもないほど愚かな男だ。だが、彼は気づいている。あとは、それを消化するだけだ。

石尾の姿が見えない。俺は立ち上がって宴会場を出た。

石尾はロビーにいた。中庭に面したソファで、ぼんやりと外を眺めている。

「いつから考えていた」

石尾がゆっくりと振り返った。

「なんのことですか？」

「今日の作戦だ。わざとだろう。全部」

偶然に石尾が暴走し、偶然に久米がいいペースを守った。ただ、それだけだと考えるのには無理がある。

先ほど、熊田に聞いた。今朝、熊田は石尾から言われたのだという。

――久米さんにはどんなことがあってもペースを乱さないように、と言ってください。

だから、石尾が動いても久米は動かなかった。アシストたちが交互でペースを作り、いちばんいい形で彼を走らせた。

もともと、石尾は久米を勝たせるつもりだったのだ。

石尾は少し皮肉っぽく唇を歪《ゆが》めた。

「赤城さんが言ったんですよ。ロードレースは団体競技だって」

「ああ、そうだったな」

チームメイトの勝利は、自分の勝利である。それがロードレースなのだ。

「昨日のレースも、計算のうちだったんだろう」

もし、昨日のレースがなければ今日の石尾の作戦はうまく運ばなかった。昨日のレースで、石尾が怖い存在だと思わせたからこそ、強豪選手たちは石尾の揺さぶりに反応してしまったのだ。

「うまくいくかどうかは、賭《か》けだったんですけどね」

石尾は膝《ひざ》の上で手を組んだ。

「こういう戦い方もできるんだ、と思ったら、ロードレースに興味が出てきました」

「来年はどうするんだ？」

「まあ、このままやってみますよ」

俺は思う。この男と一緒ならば、今までと違う景色が見えるかもしれない。ツール・ド・フランスには行けなくても、風を感じることはできるかもしれない。

石尾がこちらを向いた。真剣な顔で言う。

「赤城さん、俺、勝ちましたよね」

俺は笑う。

「当たり前だろ。バカ」

レミング

世の中にはざっくりと分けて二種類の王がいる。

民主主義の王と暴君だ。

もちろん、物事を単純化しすぎるのはあまり賢い考えではない。だが、どんな王もこの二つの要素をどれだけ持っているかで、分類できるのではないだろうか。俺がそんなことを考えはじめたのには理由がある。不思議に思っていることがあるのだ。

他人に無関心な王というのは存在しえるのだろうか。

クラブハウスに行くと、俺は真っ先に石尾《いしお》豪《ごう》の姿を探した。彼のメッセンジャーバッグは無造作にロッカールームに置かれていたから、もうきているのは間違いない。だが、ロッカーで談笑する選手たちの輪の中にも彼の姿はなかった。ミーティングルームのドアを開けると、監督とコーチが頭を突き合わせて打ち合わせをしていた。監督の目が俺に投げかけられた。

「どうした。赤城《あかぎ》」

「石尾を見ませんでしたか？」

監督は首を傾《かし》げた。

「どうかな。見たような気もするが……」

コーチの木元《きもと》さんが椅子《いす》に座り直しながら言った。

「たしか、階段ですれ違ったが……どうかしたのか？」

「いえ、別に大したことじゃないんです」

石尾という男には、そういうところがあった。

存在感があるのかないのかわからない。変人で人の輪に入らないし、自分のやりたいようにやるくせに、なぜかそれを人に意識させない。普段はいるのかいないのかよくわからないし、いても誰も気に留めない。たとえ、今はいなくてもミーティングが始まる頃にはふらりと現れて、いつもの奥の椅子に座っている。そんな男だ。

百六十二センチと小柄なせいもあるのだろうか。一瞬、そう考えたが思い直す。小柄な人間がみんな、存在感がないわけでもあるまい。

ミーティングルームにいないとなると、たぶんガレージだろう。俺はそうあたりをつけて、ドアを閉めた。

階段を下りてガレージに向かった。日差しが目に痛くて、手で額を覆《おお》う。以前はスペインに住んでいて、これよりももっと強い日差しに晒《さら》されていたというのに、人というのはすぐに今の環境に慣れてしまうものだ。

石尾はやはりガレージにいた。

自分の自転車の前にしゃがみ込み、真剣な顔でタイヤの傷をチェックしている。俺はガレージの壁にもたれて、石尾がいつこちらに気づくのか、待ってみた。

彼は眉間《みけん》に皺《しわ》を寄せて、丁寧にタイヤを指でなぞっている。タイヤのチェックが終わったかと思えば、今度はブレーキシューの摩耗を調べる。

まるで、自転車と会話をしているようだ。そんな非現実的な考えが頭に浮かぶ。

自転車の前で背中を丸めている石尾は、ひどく小さい。Sサイズのジャージさえ余るほど細い身体《からだ》。彼が、日本で指折りの自転車選手だとだれが信じるだろう。よく見れば、細い手足には筋肉がしっかりついていることはわかるが、それでもスポーツ選手のイメージからはほど遠い。

だが、軽い体重は彼のような山岳スペシャリストには、むしろ武器になる。余分な筋肉はただの錘《おもり》だ。彼の身体は自転車のためだけに作られている。

自転車といっても、競輪ではない。自転車ロードレース。ヨーロッパではメジャーなスポーツだが、日本で知る人はまだ少ない。競輪選手のように、巨額の賞金を得るチャンスもなく、名声だってたかが知れている。石尾は、すでに日本のロードレース界では名前を知られているが、それでも一般人で彼のことを知る人はほとんどいないだろう。

石尾は少しも俺に気づかず、自転車のチェックを続けている。いいかげんに呆《あき》れて、俺は口を開いた。

「そんなに夢中になっていると、後ろから刺されてもわからないんじゃないか？」

彼ははじめてこちらを見た。

「ああ、赤城さん。いつからいたんですか？」

「前輪のチェックからだ」

彼はふっと息だけで笑った。

「さすがに刺されたらわかりますよ」

「刺されてから気づいても遅いんだよ」

「まあ、たしかにそうですね」

彼は腕時計に目をやった。

「ミーティングにはまだ少し時間があるでしょう？」

たしかにあと五分ほど時間はある。ならば、石尾はぎりぎりまで自転車と向き合っているつもりなのか。

自分でも気づかないうちに責めるような目をしていたのだろう。石尾が戸惑ったように問い返した。

「どうかしましたか？」

「頼むから、もう少しエースらしく振る舞ってくれ」

石尾は、今年はじめてチーム・オッジの単独エースとなった。去年までは久米《くめ》という存在感のあるエースがいた。いろいろ癖のある男だったが、それでもチームの仲間を惹《ひ》きつけて、引っ張っていく力はあった。今年、彼が去ってからオッジの雰囲気はがらりと変わった。

久米はどちらかというと暴君タイプだったから、シーズンはじめは久米がいなくなったことを喜ぶような声もあった。石尾はエースとはいえ、横柄《おうへい》に振る舞うようなタイプではない。久米にこき使われていたチームメイトたちは、彼がチームを移籍して石尾が単独のエースとなったことにほっとしただろう。

だが、時間がたつにつれチームには微妙な空気が漂いはじめていた。

石尾があまりに何事にも無関心すぎるのだ。

もちろん実力はある。今年のツール・ド・ジャポンの山岳ステージでも優勝しているし、それ以外のレースでもいくつも勝利を挙げている。勝利に対する執着もある。

一方で、石尾はアシストたちの動きにほとんど関心を示さない。アシストがミスをして、それが自分の負けにつながったとしても文句は言わない。しかし、献身的なアシストの力を借りて優勝しても、感謝の気持ちを見せることはないのだ。

そういえば久米がエースだったとき、石尾は彼のアシストに徹していた。久米と並ぶほどの実力を持ちながらも、いつも一歩引いていた。だが、そのことを悔しいと思っているわけでもないようだった。

たぶん、石尾にとってはエースもアシストも単なる役割に過ぎないのだろう。自分に求められる役割がアシストならそれに徹する。今、彼がエースでいるのも、その役割が求められているからだ。

だから、彼にとってはエースもアシストも対等だ。別に感謝をする必要もなく、感謝される必要もない。そういう意味では彼の態度は一貫している。

だがアシストする側の気持ちはそれだけでは済まない。

アシストは自分を殺す。自分の勝利のことを忘れ、エースのためだけに身を尽くす。エースの風よけになって体力を使い、エースがパンクしたときには自分のホイールまで差し出すこともある。

自転車競技はチーム戦であり、それがチームを勝利に導くことは理屈ではわかっていても、心はそう割り切れるものではない。あまりにも他人に無関心なエースならばなおさらだ。

普段はあまり表情を変えない石尾が、ムッとした顔になった。

「久米さんみたいに振る舞えと？　どこに行くのにもチームメイトたちを引きつれて、自転車のメンテまでチームメイトにやらせろと？」

「そこまでしろとは言ってない」

そう言えば、石尾はオッジ以外のチームに所属したことがなかったはずだ。アマチュアのときも、どこのチームにも属さず、ただひとりでヒルクライムレースにばかり出場していたという。学校の自転車部にも入ったことがないらしい。

久米しかエースを知らないとしても、子供じゃあるまいし、どうすることがいいのかは考えればわかるだろう。

「じゃあ、どうすればいいんですか？」

珍しく食ってかかってきた。

「もう少しチームのみんなのことを気にかけてやれ。エースの行動でチームの雰囲気は変わる。ロードレースは団体競技だ。ばらばらのままでは勝てない」

石尾は黙りこくった。

ただでさえ石尾はまだ若い。二十七歳はサッカー選手ならばベテランと言えるだろうが、自転車ではそうではない。十二人いるチームメイトの中で石尾より若い選手はたった三人だけだ。

複雑な戦略が勝敗を分ける自転車ロードレースでは、三十歳前後が選手としてのピークになる。そう考えたときに、苦いものが胸にこみ上げた。ちょうど俺は今年で三十。プロを目指してスペインに渡ったのが二十四歳の時だ。たぶん今が折り返し地点で、この先、今までよりも上に行ける可能性は低い。これからは、自分の力を伸ばすためではなく、保つためにトレーニングをすることになる。

石尾は俺と違う。まだもっと上に行ける。今よりもずっと先へ。

だから、このままでいいはずはない。

石尾は目をそらしてぽつりとつぶやいた。

「無理ですよ」

心を読まれたような気がして、俺は息を呑《の》んだ。

「無理だと？」

「エースらしく振る舞うのが、です。持って生まれた性格は変えられない」

たしかに石尾は融通のきくタイプではない。だが、彼にだってわかっているはずだ。

このままでいいわけはないということは。

彼の時計のアラームが鳴った。石尾は立ち上がった。

「行きましょう。ミーティングの時間です」


自転車ロードレースは特殊なスポーツだ。

個人競技ではないが、純然たるチーム競技とも言えない。もちろん詳しい人に訊《き》けばみんな、自転車ロードレースはチーム競技だと答えるだろう。俺だってそう言う。

だが思うのだ。それならなぜ、リザルトに残るのが個人の名前なのだ。

チーム全員の成績を評価される賞もときにはあるが、あくまでおまけのようなもので、だれもそんな賞は目指さない。

全員の成績のトータルがよくても、あまり意味はない。反対に、ひとりが優勝すれば、残りのチームメイトの成績は最下位でもかまわないのだ。

だから、ロードレースには明確なヒエラルキーが存在する。

ひとりのエースと、その他のアシストたちだ。アシストたちは自分の勝ちを目指さない。勝ちたいという本能を殺し、ただエースの勝利のために奉仕する。

エースが遅れれば、自転車を止めてそれを待ち、彼を集団に戻す。水のボトルを運び、エースの前を走って空気抵抗を一手に引き受ける。

もちろんこのヒエラルキーは不変ではない。下克上《げこくじょう》はいつでもあり得る。エースよりも優勝に近い選手が出てくれば、レースの最中でもエースの変更は起こる。力の足りないエースはすぐに王の椅子からたたき落とされる。

だが、アシストが常に下克上を狙《ねら》っている状態では、チームは最善の成績を残せない。だから、エースには王者の風格が必要なのだ。

強い威厳でアシストたちを従えるか、もしくは彼のために働きたいと思わせる魅力を持つか。

石尾には間違いなく、実力と才能がある。だがあまりにも壁を作りすぎる。

もともと王者というより一匹狼《おおかみ》のタイプなのだろう。エースという立場に戸惑っているように見えた。

いくら戸惑っても、実力からすれば石尾以外の選手がエースになることは考えられない。いいかげんに腹をくくってくれなければ困る。

俺は今年を含めてオッジと三年間の契約を結んだ。三十二歳になれば引退も近いだろう。自分勝手な言いぐさだということはわかっている。だがオッジの運命は俺の運命と同じなのだ。

目下のところ、今のオッジの目標は十一月の沖縄ツアーだ。ツアーと言っても、開催は二日間だけだ。同時に市民レースなども行われる大きなイベントである。

一日目はスプリンターの活躍するクリテリウムで、重要なのは二日目だ。距離は国内レース最長の二百キロ。途中、勾配《こうばい》のきつい山岳もあり、かなりヘビーなコースだ。山岳賞もあり、石尾向きのレースではあるのだが、彼は今までこのレースに出たことがない。

去年までは久米が、石尾が出ることに難色を示していた。たった二日しかないレースだから、石尾に活躍の場を奪われてしまうことを恐れていたのだ。

石尾は出られないことを悔しがっていたから、今年はこのレースを楽しみにしているはずだ。

もっとも沖縄レースはシーズン最終戦だ。今はまだ十月だから、大きなレースはほかにもある。二週間後にはサイクルロードレース日本杯という、世界の強豪チームが参加するワンデーレースがある。それも目標のひとつではあるが、さすがに世界のトップクラスが揃《そろ》うレースでオッジが勝つことは難しい。

その日の帰り、安西《あんざい》に呼び止められた。

「赤城さん、ちょっと相談があるんですがいいですか？」

去年あたりから、やけにほかの選手から相談を持ちかけられるようになった。もともと、俺自身も人当たりがいいほうではなかったが、緩衝材になれればという気持ちもあり、できるだけほかの選手に気を配るようにしていたせいかもしれない。

かぶった仮面はやがて張り付いて、素顔と変わらなくなる。たとえ、嫌いな奴《やつ》でも愛想よく振る舞っていれば、相手もこちらに悪い感情は抱かない。そうなると、こちらも嫌いな気持ちが薄れてくる。

人との関係など、要領をつかめばさして難しいものでもない。最低な奴以外は、いいところを探して好意を持つようにすればたいていうまくいく。

それでも好きになれない奴なら無理に付き合う必要もない。俺は最近、そう考えるようになっていた。歳《とし》をとって角が取れてきたせいもあるのだろう。


安西は今年オッジに移籍した選手だった。

育ちのよさをつねに身体《からだ》にまとわりつかせているような男で、いつも柔和な笑みを浮かべている。石尾とはまるで正反対だ。

歳は二十九歳。三年前までは、世界選手権の日本代表に選ばれたこともあるほどの選手だったが、事故で足を骨折してからはずっと低迷していた。前のチームで少しも結果が出せず、オッジに移籍してきたのだ。

脚質はルーラー。逃げて勝つタイプの選手だが、山もそこそこ登れる。最近は調子がいいのか、好成績をあげることもある。

山下監督がぽつりとつぶやいたのを聞いた。

「もし、安西が復活できれば、オッジは安い買い物をしたことになるな」

そう言うからには契約金も高くはなかったのだろう。

優しげな顔立ちをしているから、女性ファンも多い。全盛期はさぞ騒がれたことだろう。

安西は珍しく、電車とバスを使ってクラブハウスに通っていたから、駅の近くの喫茶店で待ち合わせることにした。

よほど遠くに住む選手以外は、自転車でくる者が多い。トレーニングになるからという理由だけではない。

一日のうち、五時間や六時間、自転車の上で過ごすようになると身体がそれになれてくる。電車で立ったまま揺られて通うことよりも自転車のほうが楽になるのだ。それが進化なのか退化なのかはわからない。俺もよほどの悪天候でなければ、自転車で通っている。

先に到着し、アイスコーヒーを注文してしばらく待つと、安西がやってきた。

「すいません、わざわざ時間取ってもらって……」

彼は席に座る前に、ぺこりと頭を下げた。

「別にいいけど……どうかしたのか?」

彼は微妙な笑みを浮かべた。どうやら、向き合ってすぐに話し出せるようなことではないようだ。俺は察して、しばらくはどうでもいい世間話をはじめた。

今日のトレーニングのことや、二週間後に控えた日本杯のことなどを話した。なぜ、自分がここにきたのかを忘れかけたころ、安西の顔から笑みが消えた。

「俺、石尾に嫌われている気がするんですよね」

唐突にそんなことを言われて戸惑ったが、すぐに気づく。安西の相談というのは、それだったのか。

「石尾はだれに対してもあんなふうだよ。気にするな」

「いえ、彼が無口で物静かなことは知ってます。そうじゃなくて、本当に嫌がられている気がする」

彼はテーブルで指を組んで、目を伏せた。俺は尋ねた。

「なにか具体的にあったのか」

「すいません。別になにかあったというわけではないんですけど……ひしひしと感じる」

俺はすっかり氷の溶けたグラスを、ストローでかきまわした。

石尾に安西を嫌う理由などあるのだろうか。すぐには思い浮かばない。もともと将来を嘱望されていた選手なのに、安西には驕《おご》ったところはひとつもない。強いて言えば、石尾とはあまりにもなにもかもが正反対だというだけだ。

俺は考え込んだ。

石尾なら、たぶん自分の感情を隠すことはしないだろう。彼と去年までのエースだった久米とは、傍《はた》から見ても仲が悪いことがよくわかった。だが、一方でレースになればいがみ合うことなく、普通に協力し合っていた。私情を殺すというよりも、完全にレースと感情を切り離しているように見えた。

だから石尾が安西を嫌っていても、安西がレースで不利益を被《こうむ》ることなどないはずだ。

しかしそんなことが、安西にとって慰めになるかどうかはわからない。重要なのは安西の気持ちだ。

「石尾はああいう奴だからなあ。だれに対しても愛想は悪いし、無神経だ。だが悪気があってやっているわけじゃないから……」

当たり障《さわ》りのないことを言うと、安西は少し笑った。

「赤城さんとは仲がいいですよね。ホテルの部屋割りもいつも一緒だし」

思わず苦い顔になってしまった。

「別に仲がいいわけじゃない。プライベートでは全然会わないし、一緒に飲んだこともない」

部屋割りが一緒だといっても、石尾は部屋に帰るとさっさとベッドにもぐり込んで、そのまま朝まで眠り続ける。最初に同室になったときは、子供じゃあるまいし、九時に寝る男がいるとはと驚いた。俺は宵っ張りのほうだから、ほかのチームメイトの部屋にいって話し込むことも多い。

「でも石尾は赤城さんに気を許しているでしょう」

去年あたりから、俺と石尾はセットで語られることがやけに多くなった。石尾が悪いわけではないが、そのたびにひどく複雑な気持ちになった。

心の奥底で抱いているコンプレックスを刺激されるのか、それとも俺が石尾に抱いている打算的な感情を見透かされる気がするのか。

俺が石尾を気遣うのは、単に面倒見がいいというだけの理由ではない。そこには打算がある。石尾が勝てば、アシストである俺の評価も上がる。事実、今年俺がオッジとかなりいい条件で契約が結べたのも、石尾がいたからだ。自分に期待されているのが、選手としての活躍だけではなく、気難しい石尾の世話係だということは理解できた。冗談めかして「石尾係」と言われたこともある。

つまりは俺はメリットを享受《きょうじゅ》している。わかってやっているはずなのに、それに苛《いら》立《だ》ってしまうのはなぜだろう。

「俺には、安西が嫌われるような理由はないと思うがな。まあ、それとなく確かめてみるよ」

安西はまた頭を下げた。

「すいません。杞憂《きゆう》だったらいいんですけど」

俺は心の中でためいきをついた。

石尾がエースでなければ、安西もそんなことは気にしないはずだ。石尾は気づくべきなのだ。

王であることはそれだけで、他人を萎縮《いしゅく》させるということに。

チームに所属しているからと言って、すべてのレースに出られるわけではない。

自転車ロードレースの選手にはレギュラーと補欠や、一軍と二軍などの区別はない。レースのたびに出場選手が決められる。だから、石尾が出ないレースもあるし、そのときはほかの選手がエースになる。

平坦《へいたん》なコースには石尾は興味を示さないし、普段アシストをしている選手がエースの立場で走ることもいい経験になる。だから小さなレースや山岳以外はほかの選手――熊田《くまだ》や山中《やまなか》や、それこそ復調してきている安西にまかせてもいいのだが、世の中には大人の事情というものがある。

主催者から名の知れた選手を出してほしいと言われれば、オッジでは石尾が行くしかない。

その週の土曜日にあるレースも、そんな感じだった。自治体の企画した市民とプロの混合レースで、スポンサーにオッジの母体である自転車メーカーも顔を並べていた。石尾が出ないわけにはいかない。

コース自体はアップダウンがあるから石尾向きだ。ほかに有名な選手は出場していないから、番狂わせが起こらなければ、勝つのは石尾だろう。

だが石尾は、あからさまに気乗りしない様子だった。

順当に行けば勝てるレースに魅力を感じないのか、ここしばらく続けざまにレースに出ているから、来週の日本杯に向けて身体を休めたいのか。だが、それでも大人の事情を呑《の》み込んだらしく、黙って出場することにしたようだ。

俺は今回は出場メンバーから外された。石尾とセットのように扱われることが多くなったといってもときどきはこういうことがある。

石尾には悪いが、ゆっくりと骨休めするつもりだった。

付き合っていた彼女とも、休みが合わなくてすれ違いが続いていた。シーズンが終わればゆっくり会えるが、それまでの分、機嫌を取っておかなくてはならない。

安西のことは、石尾に遠回しにかまをかけてみたが、彼はなにを言われているのかわからないような顔をしていた。たぶん、安西が神経質になりすぎているだけだろう。安西にもそう言っておいた。

その土曜日、俺はひさしぶりの休日を満喫した。

彼女と会って、映画を見たり、ショッピングに付き合ったりした。正直、映画はやたらに冗長なだけのどうしようもない作品だったし、人混みのデパートで女物のアクセサリーや靴を見ても、楽しいはずはない。

だが男というのは単純で、好きな女の子が機嫌良くしているだけで、なんとなくい休日だったような気になるものだ。

だから、俺がその日なにがあったのかを知ったのは、月曜日になってからだった。

「失速？」

山下監督は、指で机を小刻みに叩《たた》きながら頷《うなず》いた。

「そうだ。補給ポイントを過ぎたあたりから遅れがちになり、八十キロあたりで完全に失速した。結局リタイアだ」

石尾のことだ。番狂わせがなければ勝てるはずのレースで、途中棄権することなど今までなかったことだ。

自転車ロードレースでは、リタイアは必ずしも恥ずべきことだとは考えられていない。

たとえば、アシストが全力でエースのために働いたあとリタイアするのなら、漫然とゴールまで行くよりも賞賛される。ステージレースならばゴールしなければ走り続ける権利は得られないが、ワンデーレースならば、勝ち目がないとわかった時点で自転車を降りてしまってもかまわない。

アマチュアならともかく、完走こそが美しいという発想はプロの世界にはない。

だが、石尾はもともと成績にむらのあるタイプの選手ではない。平坦ではからきしだが、アップダウンのあるコースではつねに上位をキープし続けていた。もちろん、落車などのトラブルは別にして、理由のない失速などはじめてのことだ。

あまり乗り気でなかったから手を抜いたのかとも思うが、スポンサーの手前、勝つことを期待されていることは、彼だって理解していたはずだ。

「石尾はなんと言ってましたか？」

「体調が悪かったと」

エースだってつねに百パーセントを出すことはできない。体調が悪ければリタイアもあり得ることだ。

「なら仕方がありませんね」

だが、監督は苦い顔のままだ。

「もしかすると、石尾はそろそろ疲れてきているんじゃないかと思ってな」

監督がなにを心配しているのかわかった。俺は頷いた。

「たしかにそうかもしれませんね」

「本人はまだ大丈夫だと言っているが……」

石尾は今シーズン、かなりいい成績を残している。シーズン初頭から、まるで久米から解き放たれたことを喜ぶように、いくつも勝利を挙げた。

だが、どんなに才能のある選手でも、一年を通して最高の状態をキープすることはできない。早めの時期にピークを持ってきた選手は、後半になるとたいてい疲労のために失速する。シーズン後半にピークを持ってくるためには、前半は抑え目にすることになる。春と秋に二回ピークを合わせて、中盤は休む選手もいる。

一流選手は、どのレースに自分のピークを持ってくるのかを戦略的に考えて行動する。才能があるとはいえ、石尾はまだプロになって三年目のシーズンだ。考えが甘いのかもしれない。

「石尾はもう充分成績を残している。疲れているのなら無理をせずに、シーズンを終了させたほうがいい」

無理をしてしまえば、来シーズンの成績にも響いてくる。日本人は精神論に走りがちだが、身体《からだ》はやはり摩耗する。休むことだって大切だ。

「でも、石尾は沖縄を走りたがっていますよ」

自分に向いているのに、一昨年《おととし》も去年も出場できなかったレースだ。あまり感情を見せない石尾が、去年本気で悔しがっていたのを俺は知っている。休めと言っても納得しないだろう。

「まあ、そうだろうが……だから、おまえから説得してくれないか」

俺は肩をすくめた。一応抗議してみる。

「俺は石尾係じゃないですよ」

監督はなにも言わずに鼻だけで笑った。

石尾の失速の原因は、すぐにわかった。

石尾を問い詰めても、「朝から体調が悪かった」などと言ってごまかそうとしていたが、監督がシーズンを終えるように言っていると話すと、渋々白状した。

「サコッシュの中に、エナジーバーしか入ってなかったんです」

なんじゃそりゃ、と一瞬思ったが、すぐに思い出す。石尾は偏食で、食べられないものが多い。補給食にもいつも細かい注文をつけていた。羊羹《ようかん》やバナナ、アンパンなどはいいが、エナジーバーは味が苦手だと言って食べない。

エナジードリンクも本当は嫌いらしいが、液体の栄養はレース後半の体力補給には不可欠だ。嫌々ながらも、なんとか飲めるようになったようだ。

ボトルの中身も、スポーツドリンクではなく、塩と砂糖をたっぷり入れた紅茶を指定している。一度間違えて飲んだことがあるが、どう考えてもスポーツドリンクのほうがマシな味だった。

わがままと言えばわがままだが、選手が気持ちよく走れるようにするのは、スタッフの仕事である。単純なようで補給食は大きな問題だ。ロードレースの選手にとっては、食べることも競技のうちなのだ。五、六時間も走れば、必要なカロリーは三千キロカロリーを大きく超える。とても朝に食べる分だけでは追いつかない。走りながら、こまめにカロリー補給をしなければならない。

「スタッフに言ったのか」

「現地のアルバイトスタッフでした。若い女の子だったし、よく聞いていなかったんでしょう。言っても仕方がない」

きちんと指示が行き届いていなかったのか。子供っぽい理由だけに、石尾も知られたくなかったらしい。

俺は、石尾の靴を蹴《け》った。

「おまえ、エナジーバーくらい食えるようになれよ」

「苦手なものは苦手なんです」

聞いてみれば単純な話だった。だが、心の中でなにかが引っかかっている。

一応言ってみた。

「監督が休んでいいって言ってるぞ。どうせもう給料だって変わらないんだ。休めばいいじゃないか」

石尾は眉間《みけん》に皺《しわ》を寄せて言った。

「絶対にいやです。沖縄は走ります」

日本杯当日、宇都宮の空は分厚い雲に覆《おお》われていた。俺は苦々しい気持ちで空を見上げた。どうも一雨きそうな気配だ。前日は、からりとした秋晴れだったのに、ついていない。

宇都宮を舞台に繰り広げられる、日本最大のワンデーレース。ヨーロッパのプロチームも招待される華やかなレースで、注目度も高い。

昨夜は、ファンとの交流イベントが行われた。やはりヨーロッパの選手たちの人気のほうが高いが、それでも日本選手を応援してくれるファンもいる。

石尾は写真やサインには応じているものの、表情は硬いままだった。居心地が悪そうなのがこちらまで伝わってくる。

にこやかにファンや現地スタッフと談笑する安西の爪《つめ》の垢《あか》でも煎《せん》じて飲ませてやりたいが、今更石尾が愛想よくなっても、少し気持ちが悪い気がする。

パーティが終わり、ホテルの部屋に帰った石尾が、少し疲れている様子だったのが気にかかった。監督の予想はやはり当たっているのかもしれない。

スタート地点には、大勢のファンがすでに集まっていた。やはり、ヨーロッパのチームが出場するとなると違う。

スペインのチームの選手に、ひさしぶりのスペイン語で話しかけて簡単な会話をした。ことばは使わないと簡単に錆《さ》び付いていく。向こうにいたときは意識せずに喋《しゃべ》れていたようなことも、口籠《くちご》もりながらしか言えない。

灰色の空の下、大集団《プロトン》はスタートした。

勾配《こうばい》のきつい林道を含むコースを十二周回する。毎年、途中までは日本選手たちが山岳賞を目指して争い、最後の三周くらいから外国人選手が動き始めて優勝を争うというのが、決まったパターンだ。

やはりヨーロッパと日本の間には大きな壁がある。スペインではアマチュアチームでしか走れなかった俺が、アシストとはいえプロでやっていけているのも、その証拠だ。

一周目の半ば、鬱蒼《うっそう》とした林道の上りでミノワ・サイクルチームの選手が飛び出した。すかさず石尾がついていき、俺も続く。ほかにも数人の選手があとから追いかける。安西が混じっていたが、チームメイトは少しでも多いほうがいい。

集団は追いかけてこない。どうやら、逃げは成立したようだ。みるみるうちに、三分近いタイム差がつく。

俺は逃げグループの人数を数えた。九人と結構多い。このくらいの数のほうが逃げるのは楽だが、山岳賞の争いは厳しくなる。日本杯の山岳賞はステージレースなどのポイント制とは違い、決められた周回のときに最初に山頂に達した者に与えられる。今年は三周目と六周目と九周目の三回。三人ならば、仲良く一回ずつということもできるが、九人だとそういうわけにもいかない。

俺はかまわないが、安西だって大舞台で復活をアピールしたいだろう。

三周目はミノワの選手が取った。石尾が動かなかったところを見ると、後半狙《ねら》いだろう。こういうとき、三回とも取るような選手は嫌われるのが、自転車ロードレースというスポーツの特殊な部分だろう。

争うところは争うが、分け合える栄光は分け合う。それが紳士のスポーツといわれる所以《ゆえん》だ。

三周目の下りが終わったところで、額に冷たいものがあたった。雨だ。ぽつぽつと降り始める。空の色ではこのまま本降りになりそうな雰囲気だ。

石尾が横にきた。面倒くさそうに、サングラスの水滴を拭《ぬぐ》う。

「調子はどうだ?」

一応尋ねてみる。

「別に……いつも通りですよ」

そう言いながらも、どこか不機嫌だ。雨のせいかもしれない。

以前、ウインドブレーカーを着て走るのが好きではないと聞いたことがある。マイペースなようで、意外に神経質だ。

たしかにウインドブレーカーの内側は汗でむっと蒸れる。決して快適とはいえないが、それでも雨に晒《さら》されていると身体はどんどん冷えていく。体温が下がるとまともに走れない。

雨はどんどん激しくなる。四周目を上りきったところで、オッジのベンチコートを着た現地スタッフの女性が雨具を持って立っていた。石尾が受け取ったのを確認して、俺も受け取る。

ペダルを回しながら、ウインドブレーカーを着る。自転車選手はなんでも自転車の上でやる。雨具をつけるためにいちいち止めているわけにはいかない。

下りに入る。俺は空気抵抗を小さくするために背中を丸め、ブレーキに手をかけた。そういえば石尾はどこにいるのだろう。さっきまで俺の前にいたのに、今は見えない。先に行ったということは考えられない。下りのライン取りはうまいが、石尾は体重が軽い。身体の重い俺のほうが、速いスピードが出るはずだ。

ふいに、小柄な身体が俺の横をすりぬけた。石尾だ。

濡《ぬ》れた白いジャージに気づいて驚く。彼は雨具を着ていなかった。

さっき、たしかに受け取ったはずなのに。

俺はあわてて彼に並んだ。

「ウインドブレーカーはどうした」

「落としてしまいました」

「おまえ、バカか！」

下りはただでさえ、身体が風に晒される。体温は急激に冷えていく。

「さっき、無線で監督に言いました。下で用意してくれるそうです」

下り途中は危険だから観戦も許可されていない。もちろん、補給の受け渡しも出来ない。

だが、この長い下りで体温が下がりきってしまえばもう戦えない。

石尾はスピードを落として俺の後ろに下がった。振り返って見ると、唇が青い。

小さな身体が、いつも以上に小さく見えた。

結局石尾は、あのあと盛り返すことができなかった。

体温低下は想像以上に体力を奪う。千切れて、後方集団に戻り、リタイアした。

かわりに安西が、六周目の山岳賞を取ったからオッジとしては決して悪いレースではなかったが、俺は胸騒ぎを覚えていた。

今までこんなことはなかったのに、続けざまに二度の失速とリタイア。どちらも原因は補給のトラブルだ。

一度目はありがちな連絡ミスだし、二度目は石尾自身が落としたと言った。だからだれが悪いわけでもないが、それでもそれが二度続くというのはどうしても引っかかる。

宇都宮から新幹線を乗り継いで、帰ってきたときには夜十時を過ぎていた。新大阪駅で解散になったが、俺は石尾のジャケットの後ろ首をつかんだ。

「ちょっと話がある」

うるさそうな顔をされたが気にしない。酒でも入れて喋ったほうがいいかと思ったが、駅構内の店はすでに閉まっていた。電車で移動するのも面倒で、人のあまりいない待合室で話すことにした。

石尾は空いた椅子《いす》に座ると、俺を見上げた。

「話ってなんですか？」

「今日の雨具のことだ。本当に落としたのか？」

石尾の目が少し泳いだ気がした。確信が深まる。なにかがあったのだ。

「手が滑ったんです。運が悪かっただけです」

「この前の補給食も運が悪かったのか？」

石尾は苛立《いらだ》ったような目で俺を睨《にら》み付けた。

「あれは連絡の行き違いがあったんでしょう」

「一度ならそういうこともある。だが、今まで一度もなかったのに、二度続けてか？」

「そういうこともあるでしょう。もういいですか？　疲れてるんで」

あからさまにためいきをついて、石尾は椅子から立ち上がった。歩み去ろうとする彼の前に、俺は腕を組んで立ちはだかった。

「現地のスタッフには見覚えはなかったか？」

「知らない人ですよ。毎年、いろんなチームの現地スタッフとして参加していると言ってましたが、俺ははじめてだ。先週の人とも別人だ。いいじゃないですか。赤城さんには関係のない話です」

頭の中でぷつりと線が切れた気がした。

「ふざけるな」

石尾が驚いたように目を見開いた。

「関係ないだと？　たったひとりで戦っているつもりか？」

勝手に口が動き出す。止められなかった。

「そんなに偉いつもりなのか？」

待合室中の視線が、こちらに集まっていることには気づいたが、そんなことはどうでもよかった。

「おまえにはわかるのか？　一生ゴールを目指さずに走り続ける選手の気持ちが」

石尾がはっとした顔になった。

そう、アシストはゴールを目指さない。ゴールなど見えない。たとえ、ゴールゲートに辿《たど》り着いても、それはなんの意味もない。

先も見えず、ただひたすら走り続ける。それでも耐えられるのは、エースがゴールに飛び込んでくれると信じているからだ。

ただ無闇《むやみ》に毎日百キロ以上を走り続けられるはずはない。そんなのはシジフォスの神話と同じ、ただ苦しいだけの労働だ。

後ろを走る俺たちには、エースがゴールを切る瞬間も見えない。それでもそれを思い描く。彼ならば絶対にやってくれると信じながら。

石尾が目を伏せた。口がかすかに動く。

「袖《そで》が……」

「袖? 袖がどうかしたのか?」

「ウインドブレーカーの袖が、固く結ばれていた」

石尾がなにを言っているのか理解して、俺は息を呑《の》んだ。

どんな形かは見ていないのでわからない。だがふたつの袖を結び合わせるか、それとも片方の袖に結び目を作るかすれば、そのウインドブレーカーは着られない。自転車に乗りながら、その結び目を解いて着るのは難しい。しかも、今日雨具を受け取ったのは、下りに入る直前だった。アシストを後ろに取りに行かせることもできない。

「どうして言わないんだ。悪質な嫌がらせだろう」

「だれがやったかわからない。その現地スタッフだって、気がつかないで渡したかもしれない。変に言うと疑うみたいで、空気が悪くなる」

まるでふてくされているような口調で、石尾は話し続けた。

「だが、そんなことがあったのなら、先週の補給食もわざとかもしれない」

「でも、どちらも別の現地スタッフだった。今までのレースではそんなことはなかったから、マッサーのだれかがそんなことをするとは思えない」

俺はマッサーたちの顔を思い浮かべた。みんないい奴《やつ》で、選手のことを気遣ってくれている。たしかに彼らに石尾を陥《おとしい》れる理由はないように思える。

石尾が言いたくなかった理由も理解できる。マッサーたちは自分が疑われているように感じて気を悪くするだろう。

「ほかのチームのファンか関係者が、現地スタッフに潜り込んでいたのか……」

どちらにせよ、無視できる話ではない。

「わかった。ともかく少し調べてみる」

石尾が前髪をかき乱して笑った。

「なんだ？」

「そんなことするから、石尾係だって言われる」

「言いたい奴には言わせておけ」

マッサーたちに話すと、みんな驚いていた。だれも石尾を襲った災難には気づいていなかったらしい。

川越《かわごえ》さんが首をひねった。

「ウインドブレーカーもきちんと畳んであったし、サコッシュの中身だって石尾がエナジーバーを食べないことはみんな知っている。きちんとほかのものも入れたはずだ」

そのレースに出た熊田に聞くと、ほかの選手に配られたサコッシュは普段と同じで、羊羹《ようかん》やジャムを挟んだサンドイッチなども入っていたという。だから、石尾にエナジーバーのみのサコッシュが配られたのは、ただの手違いなどではない。

石尾を脱落させる意図があったのは間違いない。

宇都宮のほうも、先週の市民混合レースも、現地のアルバイトスタッフが石尾に渡した。両方とも若い女性という共通点はあるがまったくの別人だ。だが、彼女たちが関与していることはたしかだろう。

ほかの人間がサコッシュや雨具に細工をしても、それを石尾に確実に渡せるのは彼女らだけだ。雨具のほうは、だれが相手でも効果があるだろうが、エナジーバーのみのサコッシュは石尾の手に渡らなければ意味がない。

だが、どちらも犯罪ではない。証拠も残っていないし、わざわざ地方まで行って彼女らを問い詰めて、どうにかなるだろうか。知らないと言われてしまえば、それで終わりだ。

「沖縄は、俺たちがちゃんと管理するよ」

もうひとりのマッサーの中山さんがそう約束してくれた。

やはり俺があいだに入ってよかったと思う。石尾が直接動くと、マッサーも萎縮《いしゅく》するだろうし、角も立つ。

――そんなことするから、石尾係だって言われる。

石尾の声が脳に甦《よみがえ》ってくる。心の中で「うるせえ」とつぶやいた。

別に好きでやっているわけではない。ほかに適任者がいれば、「石尾係」の称号なんて熨斗《のし》をつけて送りつけてやる。

ふいに、川越さんが思いだしたように言う。

「そういえば、あの市民混合レースの現地スタッフの子、安西と話し込んでいるのを見たけど知り合いだったんじゃないか？」

「安西と？」

思い出した。たしか、宇都宮の女の子も何度かスタッフ経験があると聞いた。安西は前のチームで日本杯に出場している。面識があっても不思議ではない。

――俺、石尾に嫌われている気がするんですよね。

あれは予防線ではなかったのか。みんなに前もって「石尾に嫌われている」と話しておけば、もし石尾が気づいて直接トラブルになったときに有利になる。本当に安西が石尾を陥れようとしたのか、石尾が言いがかりをつけているだけかわからなくなる。

人は先に聞いた情報に振り回されるものだ。

だが安西に、そこまでして石尾と敵対する理由があるのだろうか。いくら安西が復調してきたからといって、オッジのエースは依然、石尾だ。石尾を怒らせてしまえば、オッジではやっていけない。

それとも、それなりの覚悟があってのことか。

一応、石尾に聞いてみた。

「おまえ、安西に恨まれるような覚えはあるか？」

石尾はたっぷり三分くらい考えてから、首を横に振った。

「でも恨んでいるのならあまりに手ぬるい。俺ならもっと相手にダメージを与える」

「怖いことを言うな」

石尾も他人を憎いと思うことがあるのだろうか。久米には嫌がらせをされても軽く流していたが。

「ともかく、安西には少し気をつけておけ。もちろん、まだあいつとは断言できないから、もう少し調べてみるが……」

「沖縄」

いきなり石尾の口から出た単語に、俺は戸惑った。石尾はなにか考え込んでいる。

「沖縄がどうした」

「安西が怪我《けが》をしたのは、沖縄だ」

笑われたのだ、と安西は言った。

石尾とふたりで安西を呼び出して問い詰めると、安西は素直に認めた。本当は俺ひとりのほうがいいと思ったのだが、石尾はこう言って引かなかった。

「オッジのエースは俺だ」

三年前、安西はホリカワ・サイクリングチームのエースだった。その年の世界選手権の日本代表にもなった。まさに上り坂だった。怖いものなどないと思っていたという。

沖縄ツアーの二日目、最初の峠の途中で飛び出した。三人の選手と一緒に山頂を越え、下りに入った。

集団とのタイム差を少しでも広げようと、必死で下っていたときだった。前を走っていた選手が急にブレーキをかけた。いきなり止まった選手を避《よ》けるため、ハンドルを切ったせいでバランスを崩し、安西の身体《からだ》は地面に投げ出された。

アクシデントだった。そこに悪意はなかったはずだ。

だが、その選手は倒れた安西を見て、笑ったのだという。

「たぶん、ただライバルがひとり消えた、くらいの気持ちだったんだと思います。そのときは俺の怪我がそこまで深刻なものだとはわからなかったはずだから」

だが安西の怪我は、大腿骨《だいたいこつ》の骨折だった。上り坂だったはずの彼の未来は、そのまま地に落ちた。

治るまでに三ヵ月、そのあとリハビリをして筋肉を戻すのにもまた三ヵ月。チームに復帰して走り始めても、もとのようには走れなかった。

「あの男の顔ばかり夢に見るようになりました」

倒れた自分を見下ろして、笑ったあの顔。身体の中が怒りと憎しみではち切れそうになった。

「今でも同じです。ことあるごとにあいつの顔を思い出す。全身から汗が噴き出して、大声で叫びたいほど腹が立つ」

そう言う安西の顔からは、普段の柔和さは消えていた。唇がかすかに震えて、頬の筋肉が強《こわ》ばっていた。

「思ったんです。このままでは、俺はいつか、あいつを殺すかもしれない。レースの最中、叫びながらあいつの自転車に体当たりするかもしれない」

安西は話し続けた。

「でも、もう一度あの沖縄で、あいつを負かして、今度は俺が笑ってやることができたら、この怒りもおさまるような気がしたんです。殺したいと思うほどの衝動に駆られることもなくなると思ったんです」

だが石尾がいる限り、安西はアシストだ。自由に走ることはできない。石尾が出なければ、安西がエースになる確率は高い。たとえ他の選手がエース扱いになったとしても、それは仮のものだ。安西が自分の勝ちを目指す走りをしても、石尾がいるときよりも責められない。

「石尾はもう今シーズン充分活躍している。どうしても沖縄で勝たなくてはならないわけじゃない。だから沖縄への出場を邪魔したかった」

ふたりの現地スタッフは、やはり安西のファンだったという。怪我をしたときも、低迷しているときもずっと応援してくれたという。

「頼んだわけじゃない。でも、石尾がエナジーバーが苦手だということを話したり、どうしても沖縄をエースとして走りたいと言って、彼女らがそういう行動に出るように誘導したのは俺だ」

少なくとも、罪になることや他人を傷つけることではないから、彼女たちも気軽にやってしまったのだろう。

俺は石尾のほうをちらりと見た。彼の表情はいつもと変わらない。頬杖《ほおづえ》をついて、安西を見つめている。石尾は口を開いた。

「沖縄には出る」

それを聞いた安西ががっくりと肩を落とした。

「悪いが、俺だって二年間我慢してきたんだ。沖縄で走りたい」

まあそうだろうな、と俺は心でつぶやいた。ほかのレースならともかく、沖縄なら石尾も譲りたくはないだろう。

だが石尾はこう続けた。

「でも、エースはあんただ。好きなように走れ。俺がアシストする」

すでに本州は冬の気配を感じるころだというのに、沖縄はまだ暑いほどだ。

真夏の日差しよりは幾分和らいできているだろうが、このストレートなまでの明るさと湿度はまぎれもなく南国のものだ。終わったら彼女でも呼び寄せて、少しバカンスを楽しみたい、などと考える。もっとも、スポンサーがそんなことを許してくれるはずもなく、今日の夜の便で大阪に戻ることになる。つかのまの南国だ。

一日目のクリテリウムは軽く流し、今日は二日目、二百キロの長距離レースだ。日本チームだけでなく、台湾や韓国のナショナルチームの姿も見える。

スタートのフラッグが大きく振られた。集団はゆっくりと走り始める。

俺は隣の石尾に小声で話しかけた。

「大人しくしてろよ。集団の中でふんぞり返ってろ」

「自転車に乗りながらそり返るのは無理だ」

「気持ちの問題だよ」

石尾はひさしぶりのアシストで気がはやっているらしく、今にも前に出て先頭を引きそうな顔をしている。だが石尾を前に出すことはできない。

石尾が今日のエースではないということは、チーム・オッジ最大の戦略だ。滅多には使えないし、何度も使えば見破られる。だが、効果は大きい。

敵チームは、間違いなく石尾をマークしてくる。安西はノーマークで行動することができる。

もし、石尾が出ていなければ、安西もマークの対象になる。日本杯で山岳賞を取り、復活の兆《きざ》しが見えているからだ。だが、石尾が出ているのに、安西がエースだとはだれも考えないはずだ。

石尾は言われた通り、他のチームメイトたちを引きつれて前方のいい位置をキープしている。なんとなく、エースらしいオーラが出てきたと思うのは気のせいだろうか。

最初の山岳に入る前に、安西が飛び出した。数人の選手が追いかける。中にはオッジの熊田もいた。予想した通り、優勝候補たちは動かない。逃げは見逃された。

——うまくやれよ。

俺は安西の背中にそう語りかけた。

彼の敵がだれかは聞いていない。聞く必要もない。それは安西の問題だ。

「よう」

聞き覚えのある声がして、隣に緑のジャージがやってきた。他のチームに移籍した久米だった。

「相変わらず、山猿のお守りか」

「ええ、ありがたくやらせてもらってますよ」

皮肉だと思ったのだろう。久米はにやりと笑った。

お守りだろうと世話係だろうと好きなように言えばいい。

結局のところ、俺のゴールは石尾のゴールで、石尾のゴールは俺のゴールなのだ。

彼が見せる景色しか、俺には見えない。だが、それでもいいと思えるのは、歳《とし》をとったからなのか。

久米と別れて、石尾のところまで戻った。安西はいつの間にか二分近い差をつけている。逃げは成功したようだ。

「久米さんとはなにを？」

「おまえのお守りをしているのかと言われた」

石尾は、ふ、と息だけで笑った。

石尾がいつの間にか、俺に敬語を使わなくなっていることには気がついていた。それが彼にとってどんな意味があるのかはわからないし、もしかすると意味などなんにもないのかもしれない。

最初の峠に差し掛かる。色とりどりのヘルメットが波のように坂を上っていく。

「プロトンってレミングの集団みたいだな」

そうつぶやくと、石尾は不思議そうな顔でこちらを見た。

「集団自殺する鼠《ねずみ》？」

「ああ。でも集団自殺ってのは単なる言い伝えらしい。本当は集団で旅をしているうちに事故で海に落ちてしまうだけだとさ」

「なら、間違って落ちてしまわないようにしないと」

「リーダーがしっかりしてれば大丈夫だ」

石尾はまた笑った。まわりに聞こえないような声で言う。

「ちょっとアタックしてくる」

「成功してしまわないようにな」

石尾がアタックすれば、ほかのチームたちは反応せざるをえない。それを繰り返せば、ほかのチームは消耗する。もちろんアタックはする側の体力も使うが、今日の石尾は完走を目指していない。いくらでも無茶ができる。

石尾がエースではないと気づいたときには、ほかのチームはぼろぼろになっているだろう。

前方で動揺が起こった。だれかが声を出したわけでもないのに、感情の動きはしっかりこちらまで伝わってくる。

石尾が飛び出したのだろう。

速度が上がる。他の選手たちが必死で石尾を追う。

しばらくしてほっとしたような空気が伝わってきた。石尾がつかまったらしい。まるでプロトン自体が意志を持つ大きな生き物で、俺などはその細胞に過ぎないような気持ちになる。

安西たちの先行集団はすでに五分の差をつけている。なんとなく今日はすべてがうまく行くような気がした。

ゴールよりももっと遠く

ときどき思うことがある。人は自分が思っているほど、自由にはなれないものだ。目の前には見えないレールが存在していて、それを逸脱することは簡単ではない。逃れたと思っていても、気がつけば、いつの間にかそのレールの上に引き戻されているのだ。

運命なんて大げさなものではない。要するに、人にはできることとできないことがあるというだけだ。

そして、俺は結局、自転車を捨てることができなかったというだけのことでもある。

自転車ロードレースの選手として、俺は十三年間走った。最初に思い描いた、ヨーロッパでプロとして走るという夢には、指先すら届かなかった。思い出したくもない事件も経験した。それでも、大きな怪我《けが》をせずに引退まで走り続けられたことには感謝している。やりきったという思いもある。

だから、満足して自転車ロードレースの世界に別れを告げたつもりだった。趣味としてたまにアマチュアレースに参加することはあっても、プロの世界に関わることはもうしないつもりだった。

正直なところ、もう怖かったのだ。レースにいる魔物が。事故や、親しい人間の死など、もう二度と見たくはなかった。

背を向けて立ち去って、遠くに行ってしまえば、もうあんな思いをすることはない。

なのに、いつの間にか俺はもといた場所に立ち戻ってしまっていた。

監督から、チーム・オッジに戻って欲しい、という電話を受けたときは、すぐに断るつもりだった。「冗談でしょう」と口に出しもした。

「おまえがどんな思いで引退を決断したかはわかっている。無茶な頼みだということも理解している。だが、おまえは指導者に向いていると思う。考えてみてはくれないか？」

監督がなぜそういったかはわかっている。

選手だったとき、俺はチームのバランサーのような存在で、若手の育成係で、そして気難しいエースの世話係だった。監督にとってはそこそこ使える奴《やつ》に見えたはずだ。

だが、それは俺のもともとの資質ではない。

プロスポーツ選手というのは、ある意味、サラリーマンのようなものだ。成績を上げなければ解雇されるが、成績以外のところでチームに貢献していれば干されることはない。

俺はそういう計算から、バランサーという役目を買って出ていただけだ。そんな人間に指導者など務まるわけはない。断るつもりだったのに、なぜか数日後に監督からもう一度電話をもらったとき、俺の口は勝手に動いた。

「わかりました。お役に立てるのなら」

チームの監督補佐として働くようになってからも、俺にはずっと疑問だった。なぜ、自分がここにいるのか。もう戻らないと決心したはずなのに、また自転車ロードレースと関わっているのか。

それで出した結論がこれだ。

人間は自分の運命さえ、自分で選べない。

思うのだ。もしかして、はじめからずっとそうだったのかもしれない、と。

それは、俺が現役を引退する一年と少し前だった。

もっとも、そのときはいつ引退すると決めていたわけではない。それでもタイムリミットが近づいていることはわかっていた。

三十五歳。身体能力はすでに下り坂に入っている。引退という文字は、少しずつ自分の中でリアルになってくる。

だが、一方でまだまだ行けるかもしれないという自惚《うぬぼ》れも抱いていた。自転車ロードレースでの選手のピークは、他のスポーツよりも少し遅めだ。四十を過ぎて現役を続けている選手もいる。

切迫した危機感ではない。だが、まだ大丈夫だと考えながら、少しずつ現役選手としての人生が終わりに近づいているのも感じる。

いや、自転車選手としては、すでに余生に入ったと考えてもいいだろう。

この先、派手な勝利を挙げることもないし、なにかが劇的に変わることもないはずだ。

チーム・オッジの契約はまだ二年残っている。二年後に契約が切れたときがひとつの決断点となるだろう。そこで現役を続けるか、引退するかを考える。

終わりが近づいてみれば、それなりにいい競技人生だったと思う。

思ったところへは少しも手が届かなかった。本当は、ヨーロッパのプロチームで走りたかったのだ。一時はスペインへ渡りもした。

だが、それは俺には不相応な夢だったのだろう。結局、雇ってくれるところは見つからずに、日本へ帰るほかはなかった。そして日本のプロチームでも、俺は最後までアシストのままだった。

まだ夢を抱いている頃の俺が見たら、今の俺を不甲斐《ふがい》ないと思うかもしれない。だが、それが人生だ。願った夢がすべて叶《かな》うわけではない。

二十八歳で日本に戻ってきてから、七年間、大きな怪我をせずに走れただけでもよかったじゃないか。そう考えるようになっていた。

あとは自分が納得したときに、この競技から退場するだけだ。

だが、それを考えるたびに、引っかかることがひとつある。

同じチームのエース、石尾豪《いしおごう》のことだ。

三つ年下の彼は三十二歳。すぐに引退を考える年ではないが、それでも体力的なピークは過ぎている。

自転車ロードレースは、駆け引きやとっさの判断が大きく勝敗を分けるスポーツで、だからこそ、体力的に勝る二十代の選手を押さえて、三十を過ぎた選手が勝つことも多い。石尾も日本ではトップクラスの成績をキープし続けている。

それでもいつか終わりはやってくる。永久に走り続けられる選手はいないのだ。

一度、石尾に尋ねてみたことがある。

「引退したら、どうするつもりだ？」

ちょうどクラブハウスの更衣室で着替えている最中だったが、石尾はたっぷり二分ほど考えてから答えた。

「まあ、プロでなくても参加できるレースはある」

それを聞いて苦笑いした。

俺が聞きたかった台詞《せりふ》ではなかったが、ある意味なによりも石尾らしいものだった。

彼が引退したらどんな仕事に就こうと考えているか、知りたかっただけだ。

彼ほどの選手ならば、コーチや監督という道もあるだろうが、石尾には運営に携わる人間に必要な老獪《ろうかい》さが足りないし、若い選手のメンタルを気にかけてやるような繊細さもない。どう贔屓目《ひいきめ》に見ても指導者に向いているとは思えなかった。

かといって、彼に普通の勤め人ができるとも思えない。時間に遅れるようなことはないが、それ以外は驚くほどマイペースで気まぐれだ。

そういうところは、はじめて会ったときとまったく同じだ。

だが、一方で石尾は変わった。無口で、あまり感情を表に出さないのに、そこにいるだけで威圧感のようなものを感じさせるようになった。

昔は、エースのくせにレース以外ではどこにいるのかもわからない、と冗談のように言われていたのに、今はミーティングルームのドアを開ける前から、石尾がそこにいるのかいないのかはわかる。

ミーティングのとき、自分から発言しないのもいつものことだが、今はだれもが石尾の表情を窺《うかが》っている。ことばにしなくても、彼の考えは反映される。

新人などは、あきらかに石尾を怖がっていて、つきあいの長い俺にとってはそれが妙におかしい。昔は、チームメイトから「山猿」などというあだ名で呼ばれていたというのに。

だが、石尾が恐れられる理由もわからなくはない。

彼の勝利への執着は、生半可なものではない。勝つためには、反則以外のことならなんでもすると言っていい。

レース中は、不甲斐ないアシストにきついことばを投げかけることもある。

去年までいた若い選手のひとりは、石尾ににらまれたため、チームを解雇された。実力がないわけではなかったが、仕事ぶりにひどいムラがある選手だった。調子のいいときは上位に食い込むのに、レースのまだ前半、なにもないところで足が動かなくなって棄権ということもあった。

監督も、その選手の扱いには悩んでいた。いいときは、エースとして使えるほどの成績を上げるのだ。才能はたしかにある。

だが、石尾はばっさりとその選手を切って捨てた。

「使えるか使えないかわからないアシストは、いらない」

あとになってわかったことだが、彼はテレビゲーム好きで、新作が出ると徹夜でプレイしてしまうという悪い癖があったらしい。それはレースの前日でも同じだった。

前日に一睡もしていない選手が戦えるはずはないのだ。

それでもオーナーや監督ではなく、ひとりの選手に過ぎない石尾の意向が、チームメイトの契約にまで影響を与えるというのは異常だった。

オッジはすでに、石尾のためのチームになっていた。

もちろん、それだけの成績は上げている。マイナースポーツだから一般には知られていないが、日本の自転車ロードレース界で、石尾の名を知らない者はいない。

彼は王者だった。恐れられるのも当然だ。

だが恐れられても、憎まれているわけではない。石尾の厳しさは、アシストにだけ向けられるものではない。なによりも自分自身に厳しい男だった。

去年のレースで落車に巻き込まれ、肋骨《ろっこつ》にひびが入った状態で優勝したこともあった。

そんな姿を見てしまえば、文句を言っていたチームメイトたちも黙りこくるしかない。

石尾自身は、山猿と呼ばれていた頃から変わっていない。

だが、彼がこれまで積み重ねてきたものが、周囲の目を変えた。

俺自身は、石尾が怖いと感じたことはない。

彼が勝利に固執するのは、昔からのことだし、まわりの目や人の噂《うわさ》などを気にしないのも新人の頃から同じだ。

はじめて会ったとき、彼の才能が羨《うらや》ましく、そして腹立たしいと思った。

だが、今は少し違う。

俺が嫉妬《しっと》するのは、彼の目だ。

まっすぐゴールのみを見つめて、ほかのなにも見ようとしない目。それが、なによりも羨ましく、ねたましい。

その日、俺はトレーニングのあと、山下監督に呼び出された。

いつの間にか最年長になっていたこともあり、自然にチームの相談係のような立場に立たされるようになっていた。

人間関係のトラブルや揉《も》め事を見つけると、さりげなく話を聞いたり、問題のある選手に注意をする。なんというか、いろいろ面倒くさい役目だが、歳《とし》をとると若い選手よりも空気や人間関係の機微を読むのがうまくなる。若い選手同士が直接やりとりすると感情的になることも、年長の俺があいだに入れば角が立たない。

そういえば、昔は揉め事の多くは、石尾を中心に起きていた。

石尾が強くなり、実績を重ねて行くにつれ、だれも石尾に逆らわなくなっていく。最近では、石尾と他の選手の関係に神経を使うことも少なくなった。

だからといって、揉め事が起こらなくなったというわけではない。

スポーツ選手はみんな我《が》が強いし、ギリギリの状態で戦うため、小さな行き違いはしょっちゅう起こる。

今年はそれにくわえて、伊庭《いば》という新人がよく古参とぶつかってトラブルを起こしていた。

才能のある選手だが、石尾並みに負けん気が強い。もっとも、それこそが強くなる選手の資質かもしれないが。

その日、監督が相談してきたのも、伊庭のことだった。

山岳コースを得意とするクライマーの石尾と違い、伊庭はスプリンターだ。実力があるから、エースにしたいが、古参選手の反応を確かめてほしいと監督は言った。

「そりゃあ、いい気持ちはしないでしょう。特に七原《ななはら》なんか」

七原は中堅どころのスプリンターだ。これまで平坦《へいたん》レースでは、彼がエースとして走っていた。

だが、スプリンターとしての才能は伊庭の方が遥《はる》かに上だ。それは俺にもわかる。

この世界は残酷だ。しがみついて這《は》い上がるように階段を上る者のそばを、一段飛ばしに駆け上がっていく者がいる。

俺だって石尾に抜かれた。理屈ではわかっていても、それを受け入れるのには時間がかかる。

今のところ、七原が伊庭の才能を認めているようには見えなかった。

「いいんじゃないですか。伊庭がエースだとはっきり言っても」

むしろ引導を渡される方が、すっきりすることもある。

自分が年功序列の世界で生きているわけではないことは、七原だって知っているはずだ。

山下監督は、頭のてっぺんをがりがり掻《か》きながらつぶやいた。

「まったく、同じ新人でも大違いだな」

「いいじゃないですか。バリエーションに富んでいて」

伊庭と一緒にチームに入った白石は、人当たりのいい優等生タイプだ。アシストの仕事を確実にこなすし、頭もいい。

白石にも才能を感じる。ダウンヒルが得意で、ハンドル捌《さば》きの上手《うま》さは一流選手にも匹敵するだろう。スタミナもある。だが、性格が穏やかすぎる。あれでは、勝負師にはなれない。

監督はためいき混じりに言った。

「まあ、癖があるのが二匹入ってくるよりもマシか」

少なくとも、白石は放っておいてもトラブルを起こすことはないだろう。

話を終えて、俺は更衣室へと向かった。みんな帰ってしまったと思っていたのに、更衣室には安西《あんざい》がいた。

私服に着替えて、靴紐《くつひも》を点検している。俺を見て驚いた顔になった。

「赤城《あかぎ》さん、まだ帰ってなかったんですか？」

「おまえこそ、こんな時間までなにをしてるんだ」

安西は、キーケースを俺に見せた。

「ロッカーに鍵《かぎ》を忘れてしまったんですよ」

俺は、自分のロッカーを開け、ジャージを着替えはじめた。

安西は椅子《いす》に座ったまま、携帯電話を弄《いじ》っている。ぴんときた。なにか俺に話があるのだろう。

どうやって聞き出そうか考えていると、安西の方から口を開いた。

「赤城さん、石尾さんの契約って今年まででしたっけ」

「いいや。再来年まであるはずだが？」

プロになってからずっとオッジで走っている石尾だが、契約はたしか三年単位でしているはずだ。

「チーム・エクリュのスカウトと会っているのを見ました」

俺はジーパンに片足をつっこんだ姿勢のまま、凍り付いた。

「昨日、ヒルトンのティールームで。おかしいなと思ったんです。ぼくも、石尾さんはまだ契約が残っていると思ったから。でも、たしかに石尾さんでした」

「チーム・エクリュのスカウトというのは間違いないのか？」

「ええ、ぼくも会いましたから」

安西の契約は今年までで、来年はすでに別のチームに移籍を決めていた。チーム・エクリュは今年できたばかりの新しいチームだ。スポンサーに有名なIT企業がついているから、資金も潤沢らしい。たしか、タレントから転向したという選手がいて、マスコミでも話題になっていた。

契約途中でも、違約金を払えば移籍はできる。もし、エクリュが噂通り、豊富に資金を使えるのなら、石尾の契約金にオッジへの違約金を含めることもできるはずだ。

どこのチームに行こうが、石尾の自由だ。

なのに、心の奥で衝撃を受けている自分がいることに気づいて戸惑う。

理不尽にも、心の中の俺は腹を立てていた。石尾が別のチームに移ろうとしていることに。

そんな心の動きを認めたくなくて、俺はわざと言った。

「まあ、そういうこともあるだろう。石尾はオッジで長く走りすぎた。環境を変えたくなったのかもしれない」

安西は俺の返事を聞くと、少し不満そうな顔をした。

「でも、オッジは石尾さんのチーム同然なのに」

そうだ、よく言った。そう心の中の俺が言う。オッジは石尾のチームだ。石尾がやりたいように戦えるように、実力を出せるように、俺だって心を配ってきたのだ。なのに、今さら出ていくというのか。

そう言いたい気持ちを抑えて、俺は安西に尋ねた。

「おまえは、エクリュに行かないのか。誘われたんだろう」

安西は軽く肩をすくめた。

「たしかに、年俸はよかったです。でも、強い選手を集めすぎている。あれじゃ、ぼくは大きいレースには出られない」

レースに出られる選手は、だいたい五人から九人。レースによって変わるが、重要なレースではチームでもっとも強い選手たちが出ることになる。

だから、強い選手があまりに多いチームに入ってしまうと、有名なレースにはほとんど出られないことになる。

しかし、年俸は資金力のあるチームの方がいいので、みんなその兼ね合いでチームを選ぶ。

安西は、靴紐を結び直して立ち上がった。

「でも、石尾さんなら関係ないでしょう。石尾さんならエクリュでもエースになれる」

「ああ、そうだな」

そう言いながら、俺は心の中で反論していた。

だが、エクリュは石尾のチームじゃない。


プロスポーツ選手はだれもが自分のために戦っている。エース、アシストの区分など関係ない。アシストも、エースをサポートすることで給料をもらっている。自分の行為が献身的だと考えるなんて、愚の骨頂だ。

俺が石尾をサポートするのも、それが自分の評価につながるからだ。

チーム・オッジは、自転車のフレームメーカーが自社PRのために作ったチームである。石尾が勝てば、オッジのフレームにも注目が集まる。事実、石尾が全日本チャンピオンになった年から、オッジのフレームの売り上げが倍増したらしい。

チーム自体に注ぎ込まれる予算も増え、当然、俺の年俸も増える。なにも、石尾の勝利に身を捧《ささ》げているわけではない。

それがわかっているのに、どうしても割り切ることができない。

移籍を考えているのなら、ひとことくらい相談してくれてもいいじゃないか。そう考えてしまうのだ。

いじましいにもほどがある。俺は俺の働きに見合った報酬をもらっている。チーム内で最年長として尊重もされている。なのに、それ以上のことを望むのか。

自分の女々しさにうんざりする。

その日、朝から監督の機嫌は悪かった。

少し早めにクラブハウスにきた俺は、監督が電話で声を荒らげているのを聞いた。体育会系とはいえ、温和な人間で、頭ごなしに選手を叱《しか》りつけたりすることもない。ましてや、電話で外部の人間と喧嘩《けんか》をするところなど、はじめて見た。

それだけで、なにかが起こったことがわかった。

ミーティングルームに入ってきた監督は、わざとパイプ椅子を乱暴に動かして座った。

選手たちの顔を見渡してから口を開く。

「すまない。今週末の九字《くじ》ヶ岳のレースには出場できないことになった」

どよめきが起こる。

九字ヶ岳ワンデーレースは、去年からはじまった自治体主催のレースだ。勾配《こうばい》のきついヒルクライムレースで、石尾向きのコースと言っていい。去年は石尾が優勝したから、オッジは今年、二連覇を狙《ねら》っていた。

「出場できないって、どうしてですか？」

代表して、俺がみんなの疑問を口に出す。監督は声に怒りを滲《にじ》ませながら答えた。

「書類の不備があったと言われたが、エントリはずいぶん前だ。不備があったなら知らせてくれたら、すぐに再送したのに……」

実業団のレースであっても、わずかな書類の書き漏らしやミスで、出場できなくなるなどということはほとんどない。ましてや石尾はディフェンディングチャンピオンだ。オッジが出場しないことは、主催者側にも打撃ではないか。

「抗議してみたが、とりつくしまもない。まったく、これだからお役所は……」

苛立《いらだ》たしげにそうつぶやくと、監督は椅子から立ち上がった。

「まあ、そういう事情で、今週日曜日はオフということになった。まあ、ゆっくり骨休めしてくれ」

監督のことばを聞いて、選手たちの顔にも笑いが戻ってくる。

石尾向きのコースとはいえ、でないことがチームの損失になるほど大きなレースではない。

シーズン中の土日はレースが入ることが多いから、週末の休みは貴重だ。レースに出場できないことは残念だが、休みがもらえるのなら悪くない。そう考えている選手も多いだろう。

俺はさっきから、石尾の表情が気になっていた。

椅子の背もたれに身体《からだ》を預け、口許《くちもと》に手をやって考え込んでいる。一見、表情はいつもと変わらない。だが、それがかえって不穏だった。出るはずのレースに出られなくなったのに、平然としているような男ではない。俺は戸惑いながら、石尾に目をやった。

まるで心ここにあらず、といった様子だ。

俺の視線に気づいたのか、一瞬、目があった。俺はわざとらしく、顔を背けた。

木曜日の夕方だった。

自宅に帰り、夕食に野菜炒《いた》めでも作ろうと、冷蔵庫を物色していると、インターフォンが鳴った。

新聞の集金だろうと思いながら、ドアを開けて驚いた。

石尾が立っていた。サイクルジャージの上に、リュックを背負っている。

「どうした？」

「これから、九字ヶ岳に行く。一緒に行かないか？」

まるで、居酒屋に誘うような口調で言う。

九字ヶ岳は和歌山の内陸部にある。同じ近畿とはいえ、これから出ても、到着は深夜か、明日の朝になるだろう。

俺は混乱しながら答えた。

「とりあえず、入れよ」

話を聞くにしろ、玄関先で立ったままというのは俺も疲れる。

中に招き入れて、ドアを閉めたが、石尾は玄関先で棒立ちのままだ。

「あがれよ」

そう言うと、首を横に振った。

「急ぎたい。おまえが行かないのなら、これから自走するつもりだから」

そう言えば、石尾は車の免許も持っていないのだった。

俺は苦笑した。話を聞く前から、俺の選択肢は限られている。車で石尾と一緒に行くか、それとも石尾をひとりで自転車で走らせるか。九字ヶ岳まではいくつもトンネルを通るから、自転車にとっては危険な道だ。しかもこれからだと、夜になる。

「わかった。一緒に行くよ。それにしても支度をしなきゃならないだろ」

そう言うと、やっとビンディングシューズを脱いで、部屋に上がった。居心地悪そうに、壁際《かべぎわ》に腰を下ろす。

俺は少し考えて、すでにスイッチを押してあった炊飯器のプラグを引っこ抜いた。生煮えの米を三角コーナーに捨て、生ゴミをまとめる。

それから遠征用のバッグを出し、中に着替えや洗面用具を詰めた。支度をしながら尋ねる。

「九字ヶ岳までなにしに行くんだ」

「コースを走る。日曜日はレース当日だし、土曜日は市民レースがある。金曜日でなくては走れない」

俺は手を止めて石尾の顔を見た。

どうして、と聞いても意味がない気がした。石尾は九字ヶ岳を走るつもりだった。

だから、レースに出られなくなっても走る。それだけなのだろう。

——山猿め……。

俺は心でためいきをついた。

せっかくの自由な週末が台無しだ。

もちろん、ここで俺が「行かない」と言っても、石尾は気を悪くしないだろう。「そうか」と言うだけで、表情も変えずに部屋を出て、そして和歌山まで自走していくのだろう。

そうなると、俺のやることもすでに決まっている。石尾と一緒に九字ヶ岳まで車を走らせるだけだ。

支度を終えて、一緒に外に出る。四駆の後部に、石尾と俺の自転車を乗せた。向こうで泊まる場所を探すために、パソコンも持っていくことにした。宿泊先が満室である可能性も考えて、寝袋や毛布も一緒に積み込む。

腹は減っているが、途中のコンビニでなにか仕入れればいい。

日本はその点、便利な国だ。車の通っているところならば、自動販売機やコンビニは発見できる。ヨーロッパならば、水や食べ物は町でなければ入手できない。

石尾は助手席に座ると、飴玉《あめだま》を口に放り込んだ。俺が同行することになって、安心していのか、それともどうでもいいと思っているのか、表情からはうかがえない。

――少しは感謝しろよ。

言っても詮《せん》ないことだから、口には出さない。心でそうつぶやくだけだ。

知り合って七年にもなるのに、この男がなにを考えているのかはいまだによくわからない。

いや、なにもわからなければかえって気にならない。機嫌がいいとか悪いとか、調子がいいとか、体調が悪いとか、そういうことは手に取るようにわかるのに、その先の感情がよく見えないのだ。

いったい、なにを思って走っているのか。

ずっと走り続けられるわけではないことに気づいているのか、走ることをやめたあと、どうするつもりでいるのか。

俺は、年齢のせいか、終わりのことばかり考えるようになっている。スポーツ選手というのは因果な商売だ。

普通の人間よりもずっと早く、老いを知らされる。まだ三十代なのに、衰えは目の前につきつけられる。

俺はまだいい。走らなくてもたぶん生きていけるだろう。だが、石尾はどうなのだ。

走らない石尾など想像もできない。

いや、負ける石尾を想像したくないのかもしれない。若い者に追い抜かれ、山岳で力尽きていく石尾など見たくないのかもしれない。

自分勝手な感傷だ。石尾の人生を俺が案ずる必要などないのに。

大阪市内を南に向かう間、石尾はぼんやりと窓の外を眺めていた。日は次第に暮れていき、気がつけばあたりは真っ暗になっていた。

俺は、石尾の膝《ひざ》に道路地図を投げ出した。

「ナビくらいはできるだろう」

石尾は少し驚いた顔になったが、ゆっくりとページをめくる。

自転車に乗っていないときの石尾は、むしろ鈍重な印象さえある。動きも、普通の人間よりも、緩やかだ。

目的地のページを探すのにも手間取っている様子を確認し、これは期待できないな、と覚悟した。

途中、ドライブスルーでコーヒーとハンバーガーを買った。どこかで仮眠を取るにせよ、深夜まで走ることになりそうだ。運転を代わる相手もいないし、カフェインは補充しておきたかった。

石尾は普段から、あまり喋《しゃべ》らない。一緒にいて会話が弾まないことにはすでに慣れたはずなのに、今日に限って、空気がひどく重い。

どこか粘っこい空気に耐えながら運転するうちに気づいた。

重苦しいと感じるのは、俺が石尾に言いたいことを押さえつけているからなのか。

石尾の方は大して気にした様子もなく、窓の外を眺め続けている。

思い切って口を開いた。

「石尾」

彼がこちらを向く。

「移籍するのか？」

彼は二、三度まばたきをした。

「だれが？」

間の抜けた返事に呆《あき》れながら答える。

「おまえがだよ」

「しない。オッジが俺を解雇するというのなら別だが」

俺はハンドルを握ったまま、石尾の顔をまじまじと見た。石尾は眉間《みけん》に皺《しわ》を寄せた。

「前を向け。事故に遭うのはごめんだ」

「ああ」

本決まりになるまで隠しているとも考えられるが、石尾にそんな器用なことができるとも思えない。

スカウトには会ったが、条件が折り合わなかったのかもしれない。

「どうしてそんなことを言う？」

「おまえとチーム・エクリュのスカウトが会っているのを見たという奴《やつ》がいた」

石尾は首を横に振った。

「あれはスカウトじゃない」

「じゃあ、なんだ」

「負けろと言われた。報酬を払うし、一度だけでいいから負けてくれ、と」

今度こそ、急ブレーキを踏みそうになる。あわてて、体勢を立て直した。

「八百長《やおちょう》の申し入れじゃないか！」

「そういうことになるな」

石尾は顔色を変えずに言った。

「それが、九字ヶ岳ワンデーレースだ」

吐く息が白い。

俺は、四駆から降りて大きく伸びをした。石尾は後部座席で寝袋に潜りこんだまま、眠っている。

スタート地点に到着したのが、深夜十二時近く。そこから座席に横になって朝まで眠った。俺は夜明けと同時に目が覚めたが、石尾はまだ起きそうにない。

石尾への八百長の申し入れと、書類の不備による出場資格取り消し。これらが偶然であるはずはない。

その考えは、スタート地点にきて確信に変わった。

レースの準備が着々と進められている中、あちこちにエクリュのスポンサーである
IT企業の広告が出ている。

かなりの広告費を運営に払っているのに違いない。俺は唇を嚙《か》みしめた。

このレースは汚《けが》れている。

昨夜、パソコンでスタートリストを確認したが、どのチームもあまり強い選手を出してきていない。それが、エクリュの根回しのせいなのかはわからない。去年、このレースでの石尾はあまりに圧倒的だった。コースが向いているせいもあったのだろう

が、二位の選手と二分近い差をつけて圧勝した。

今年も石尾が出るのならと、勝利は諦《あきら》めて、若い選手に経験を積ませる判断をした可能性もある。

オッジが出場できないことは、まだレースの運営からは発表されていない。ぎりぎりになってから公表すれば、他のチームも選手の編成を変えることはできない。

そして、もちろんエクリュだけが、トップ選手を集めている。

完全に、エクリュが勝てる布陣だった。

だが、なぜそこまでするのかがわからない。九字ヶ岳ワンデーレースは、レースのランクとしては決して高くない。プロツールレースに認定されているわけでもない、ただの地方レースに過ぎない。八百長をして勝ったとしても、メリットはそれほど多くない。

大きなレースだと、今回のような裏工作はできないからだとしても、あまりに不可解だ。

考え込んでいると、後ろから声をかけられた。

「おはようございます。赤城さん」

振り返ると、見知った顔がそこにあった。

古家《ふるいえ》という元自転車雑誌の編集者だ。たしか今は退職して、フリーのライターとして活躍しているはずだった。

「古家さん、どうしたんですか？」

自転車雑誌をやめてから、一年ほどレースで見ることはなかった。彼は、俺の四駆の中を覗《のぞ》きこんで言った。

「石尾さんから呼ばれたんですよ」

「石尾から？」

「ええ、今年は事情があって九字ヶ岳ワンデーに出られない。だが、コースを走るからタイムを記録してほしい、と。おもしろそうなので、駆けつけましたよ」

俺ははっとした。

もし、エクリュが優勝したとしても、石尾がひとりで走ってそれ以上のタイムを叩《たた》き出したら、その優勝は疑問視されるだろう。記録に石尾の名は残らなくても、エクリュの優勝は色褪《いろあ》せるはずだ。

そう、つまりこれは、石尾の抗議行動だ。

レースを私物化しようとするエクリュに対する。

去年の九字ヶ岳ワンデーレースを思い出す。

あの日の石尾は獣のようだった。レースの半ばから、無闇《むやみ》にアタックを仕掛け、プロトンをばらばらに解体した。

いったい、なにをやろうとしているのか、アシストたちにもわからなかった。

最後の登りの中腹で、石尾は他のライバルたちを完全に蹴落《けお》としてしまっていた。

たまたま調子がよかったのだろう。俺は、石尾に食らいついていくことができた。

普段ならば、俺ももっと早く脱落している。

ゴールまであと五キロ、ほかの選手は四十秒以上後ろにいた。俺もすでに限界だったが、気分はよかった。

このまま行くと、オッジのワンツーフィニッシュだ。

ペースさえ落とさなければ、勝ちは約束されたも同然だった。

勾配《こうばい》が少し緩くなったときに、俺は石尾の隣に並んだ。彼の表情を見て、はっとした。

ゴーグル越しにもはっきりとわかった。追い詰められたときと同じ目だった。

調子が悪いとき、今にもライバルに振り落とされそうなときと、まったく表情は変わらない。

きつく歯を食いしばって、前を見据えている。

次の瞬間、彼はまたペダルに力を込めた。スピードがぐん、と上がった。

アタックだった。

戦う者などだれもいないのに。すでにライバルは力尽きてしまっているというのに。

もう俺にも追いつけない。

彼は飛ぶような速さで、坂を駆け上がっていった。

あれ以上、速度を上げても彼の勝利は変わらない。

ロードレースでは、順位のタイム差が重要であり、タイムそのものが記録として刻まれるわけではない。

なのに、石尾は速度を上げた。だれと戦っているのか、なにと戦っているのか、俺にも見えなかった。

そのときに気づいた。

彼が見ているのは、目の前にあるゴールではないのかもしれない、と。

石尾がペダルにシューズをはめた。

柔らかく、風に乗るようにペダルを踏み始める。軽く身体《からだ》が揺れるのは、石尾のフォームだ。お手本のように美しいわけではないが、遠くにいても彼だということがよくわかる。

俺もアクセルを踏んで、石尾の自転車を追った。助手席には、古家が座っている。

石尾と一緒に走りたい気持ちはあったが、水や補給食を渡す人間が必要だ。

たったひとりで石尾は走り続ける。勝利もなく、もちろん賞金もない。観客すらいないレースを。

その背中を見ながら思った。

たぶん、彼はこうやってずっと走り続けるのだろう。アシストの力など必要とせずに。

そう思うと、ひどく寂しい気がした。

だが、もともと石尾はそういう男だった。

ひとりで山を走り、山に挑む。それでいいと彼も言っていたはずだ。

大昔に交わした会話を思い出した。

――石尾、ロードレースってのは団体競技だよ。

——知ってますよ。だから嫌いです。

ひとりで山に挑む男だった石尾を、ロードレースに引きずり込んだのは、山下監督と、そして俺だ。

それは、自負でもあった。だが、今になって気づく。

石尾の本質はあの頃からなにも変わっていないのだ、と。

隣にいた古家が、口を開いた。

「石尾さんのこの記事、自転車雑誌には載せられないかもしれません。でも、どこかで必ず記事にしますよ。埋もれさせることはしない」

俺は眉《まゆ》をひそめた。古家の言ったことばの意味がわかったからだ。

「つまり、エクリュは自転車雑誌にもかなり広告を出していると……」

古家は頷《うなず》いた。

スポンサーになれば、ネガティブな記事を載せられることはない。

「エクリュの神尾《かみお》というオーナーは、スター選手を作ろうとしているそうです。たとえ、九字ヶ岳のような小さなレースでも、マスコミに大きく取り上げてもらえれば、宣伝効果はある。日本では自転車ロードレースのことを知っている人は少ないから、どのレースに歴史があり、どのレースが重要なのかは、一般の人にはわからない。雑誌や新聞で大きく扱われたレースこそが重要なのだと誤解してしまう」

そして、わざと誤解させるために金をばらまいているということか。

古家は窓を少し開けて風を入れた。

「正直なところ、痛し痒《かゆ》しですよ。エクリュのやり方で、スター選手が生まれれば、自転車業界も潤《うるお》う。わたしたちの仕事も増える。だから、彼らのやり方に同調してしまう奴は少なくない。わたしだって、その気持ちはわかる」

だが、あまりにも姑息《こそく》だ。

「これは、話半分に聞いてもらいたいのですが……」

「なんですか？」

「神尾が言ったということばです。わたしが直接聞いたわけではないから、細かいニュアンスの違いはあるかもしれない。でも、彼は言ったのだそうです。『選手など、いくらでも代わりがいるのだ』と」

俺は息を呑《の》んだ。腹の底から怒りがこみ上げる。

「走りたい奴はいくらでもいる。重要なのは、どうやってそれを商売にするかだ。スポンサーを集め、マスコミを抱き込んで、話題にしてもらう。そうやって、市場を作ること、それが大事なのだ。そう断言している。目標は、日本で自転車ロードレースをヨーロッパ並みの人気スポーツにすることだそうです」

たしかにそうなればいいと、俺もいつも思っていた。ヨーロッパとこの国との温度差が恨めしかった。

「競技自体の人気が上がれば、才能のある選手などたくさん出てくる。どんな手を使っても、競技自体の人気をあげること。それが神尾の現在の目標だそうです」

俺はためいきをついた。

なにからなにまで反対できればどんなによかっただろう。神尾という男のことばには、たしかに一理ある。

注目が集まらないこと、金がないこと、スポンサーが集まらないこと。多くのチームやレースが、それで潰《つぶ》れてきた。オッジは母体がフレーム会社だから、簡単に潰されることはないが、それでもあまりにロードレース自体の人気がなくなれば、どうなるかわからない。

運営はたしかに重要だ。それは俺も認める。

それでも、こんなやり方は汚すぎる。

「ご存知でしょうが、エクリュには元タレントだった渋谷《しぶや》という選手がいます。彼が優勝すれば、マスコミも取り上げる。ツール・ド・ジャポンや日本杯では、彼を優勝にねじ込むことは難しい。だから、九字ヶ岳で優勝させて、話題にするつもりのようです」

石尾は黙々とペダルを回している。走り出してから、一度も振り返らない。

俺は吐き捨てるように言った。

「だからといって、勝者を作り上げるなんてスポーツじゃない」

古家は頷いた。

「同感です。だから、わたしもここにきている」

それでも、俺の心に疑問が宿る。

才能や人気のある若手を祭り上げることなら、どのスポーツだってやっている。どこまでなら許されるのか、どこが越えてはいけないラインなのか。

俺たちは怪我《けが》と隣り合わせで走っている。ひとつ間違えば、死ぬことだってあり得る。

それでも取り替え可能な部品に過ぎないのだろうか。

最後の登りで、石尾はやはりスピードを上げた。

レースですらない。だれかが後ろから追ってくるわけでもない。それなのに、彼はできる限りの力で、坂を駆け上がる。

車で後ろを走っている限り、彼の表情は見えない。

だが、俺には見える。

彼は、去年と同じように歯を食いしばりながら、ペダルを踏み込んでいるのだろう。

俺には見えないゴールを見つめながら。


コースを走り終えた石尾を乗せて、大阪へと帰る。

ひどく疲れているのは、ベッドで眠らなかったせいだけではない。知りたくもないのに知らされてしまった事実が、俺を確実に疲弊させていた。

古家は必ず記事にすると約束してくれたが、どこまで注目を集めるかはわからない。

黙殺されて終わりという可能性もある。

助手席でシートに身を預けている石尾に、古家から聞いた話を伝えた。

俺が話し終わると、石尾はつぶやいた。

「金は無限に出てくるわけじゃない」

「え？」

「そいつの思惑が当たって、自転車業界が潤えば俺たちにだってメリットはある。だが、思うように人気が出なければ、金を無駄遣いさせられたスポンサーの撤退は早い。金をばらまけばばらまくほど、ハードルは上がる。そう簡単じゃない」

石尾は、俺ほど絶望しているようには見えなかった。

やるべきことをすべてやった者だけが達観できるのかもしれない。

だが、俺は石尾ほど前向きには考えられない。

「そろそろ、潮時かもな」

そのことばに、石尾がこちらを向いた。

「なんの潮時だ」

「もう三十五だ。そろそろ引退を考えてもいい頃だろう」

契約はまだ二年残っているが、引退ならば違約金を取られることはない。やめると言っても、引き留められることはないだろう。

石尾はまじまじと俺を見た。そして口を開く。

「ツール・ド・フランスに行くんじゃないのか」

「え？」

石尾の口から出たことばに驚いたとたん、記憶が蘇《よみがえ》った。

——石尾。俺をツール・ド・フランスに連れてけ。

「あんたが言ったんだ。俺をツール・ド・フランスに連れて行けって」

そう、それは間違いなく俺が石尾に言ったことばだ。

七年前。北海道ステージレースの真っ最中に。

強い衝撃が駆け抜ける。ただの冗談だった。本当に行けるなんて考えたこともなかった。言った俺ですら忘れていた。

だが、石尾はそれを覚えていた。

俺は頭をかいた。笑ったはずなのに、かすれた息が漏れただけだった。

「行けるかな……」

そうつぶやいた俺に、石尾は言う。

「まだ、可能性はゼロじゃない」

一秒ごとにゼロに近づいていくのだとしても、まだゼロではない。ゼロではないのだ。

雨も降っていないのに、フロントガラスが滲《にじ》んだような気がした。

トウラーダ

自分の身体《からだ》というのが制御できないものだと知ったのは、リスボンに引っ越して三ヵ月、若葉が凶暴なほどの緑に染まる、初夏のことだった。

自転車選手にいちばん必要なものは、立派な足でもなく、軽い体重でもなく、強靭《きょうじん》な胃腸だと思う。

一日のレースで消費されるカロリーは五千キロカロリーを超えると言われている。ふつうの成人男性の二日分である。もちろん、それは精神力で絞り出せるものでない以上、食事から摂取しなければならない。朝から、エネルギーに変わりやすいパスタを皿の上に山盛りにして、パンにもたっぷり蜂蜜《はちみつ》やジャムを塗る。

レース中にも、こまめにエナジーバーや、ジャムを挟んだサンドイッチでカロリーを補給し、レース後半には、即エネルギーになる高カロリーのエナジードリンクを飲む。

もともと、ほとんどの自転車選手は一桁台《ひとけた》まで体脂肪率を絞っている。食べたエネルギーの分しか、身体は動かない。まさに、食事は燃料だ。

グランツールならば、それを三週間続ける。

胃腸が強く、食べたものをすべて消化してエネルギーに変え、ダメージを翌日まで引きずらない人間でないとやっていけないのだ。

そして、もちろんぼく――白石誓《しらいしちかう》も、胃腸の丈夫さには自信があった。

メンタル面ではお世辞にも強いとは言えないのに、どんなに落ち込んでも食事が喉《のど》を通らないということはなかった。レースでいろんな国を転々として、慣れないものを食べてもほとんど腹も壊さない。

日本からはじめてスペインに移住して、ヨーロッパのチームで走り始めたときもそうだったし、スペインからフランスのチームに移籍して、フランス北部のアミアンという街で暮らしはじめたときもそうだった。

環境の変化によるストレスはたしかに感じて、ゆるいホームシックのような感傷に囚《とら》われることもしばしばあったが、それでもそれが胃腸の調子に出ることはなかった。

時間がくれば、ちゃんと腹が空《す》く。ヨーロッパの食事はもともと量が多いし、シーズン中に体重を増やすわけにはいかないから、料理を残すことはよくあるが、必要な分も食べられないことは、一度もなかったし、レース前に無理をして多めに食べるパスタも、身体はきちんと消化した。

今までの引っ越しと比べれば、今回のリスボンへの移住はスムーズだった。シーズンオフで帰国していた日本から、スーツケースを抱えてリスボンの新しい家にやってきたとき、ぼくはまるで、故郷に帰ってきたような懐《なつ》かしさを覚えた。

二月だというのに、薄手のジャケットで充分なほどあたたかく、空はまるで塗り立ての絵の具のように鮮やかだった。

首都ではあるが、バルセロナやパリとは比べものにならないほど、のどかで、スーパーに並ぶ商品も、驚くほど少ない。

街の中心部から道を一本路地に入れば、リードをつけていない飼い犬が我が物顔に散歩していたり、足を投げ出してひなたぼっこしている。

時間の流れが緩やかな街だと、思った。

スペイン人やイタリア人に比べれば、はにかみ屋で勤勉なポルトガル人たち。なにより素晴らしいのは食事だった。

塩で焼いただけの鰯《いわし》や鯖《さば》、鮟鱇《あんこう》やタコのリゾット。オーブンで焼き目をつけたアヒルの炊《た》き込みご飯。

魚介類と米を多用するポルトガル料理は、日本人であるぼくの舌に無理なく馴染《なじ》んだ。

土地に慣れていないぼくを心配して、チームの監督であるマルセネイロは、ホームステイ先を紹介してくれた。

同じチームであるクレスカスの両親が住む家だ。クレスカスは去年結婚して、リスボン中心部から少し離れたベレン地区に引っ越している。

空いた二階を、ぼくが自由に使ってもいいという話だった。

いずれひとり暮らしをはじめるにしろ、慣れない場所でいきなりアパートを借りるのは難しい。夏頃まで、ホームステイさせてもらうことにしていた。

レストランで食べるポルトガル料理は量が多く、胃腸の丈夫なぼくにも毎日は無理だと思われたが、クレスカスの母親のアマリアが作る料理は、少しも油っぽくなく、毎日食べても飽きることはなかった。

自転車選手にとって体重管理がどんなに大事かもわかっているから、無理に食事を勧められることもない。

ぼくと一緒にチーム――サボネト・カクトに移籍したエースのミッコ・コルホネンは、リスボンには引っ越さず、イタリアのトリノを拠点としている。

ぼくも、知人のいないリスボンに引っ越すかどうか、少し迷ったが、結果的には大正解だった。この国はぼくに合っている。

ことばだって、スペイン語が理解できればだいたいは理解できる。

スペインは、浅黒い肌の情熱的で、そして少し強引な女のような国だった。フランスは、信じられないほど美しい横顔を持つ、よそよそしい女。だが、ポルトガルは料理が上手でよく笑う、小太りの女のような国だった。

一見、前のふたつの国に比べれば、魅力に乏しいように思えるが、だんだんその良さがわかってくるようなそんな国だ。

石畳の道を、自転車でずっと下って、テージョ川に出る。対岸には緩やかな山が見える。その、特に絶景というわけではない景色を、ぼくは毎日飽きずに眺めた。

この国が、ぼくの国でないことがときどき寂しいとさえ思った。

そんなふうに、リスボンでの暮らしを満喫していたぼくだから、まさか自分が体調を崩して寝込んでしまうとは思わなかった。

きっかけは、闘牛《トウラーダ》だった。

バルセロナにいた頃も、ぼくは一度も闘牛を見たことがなかった。牛をむごたらしく殺すところを楽しむことなど、どう考えてもできそうにない。もちろん、闘牛がスペインの文化だということは理解しているし、ケチをつけるつもりは毛頭ないが、それを見ない権利はぼくにもある。

だが、リスボンにきてから、何人かのポルトガル人から聞いたことばがある。

「スペインの闘牛は残酷だ。だが、ポルトガルの闘牛は違う。牛を素手で捕らえるだけで、殺さないんだ。牛の角を切って、しかもカバーをつけているから闘牛士《カバレイロ》も傷つかない」

スペインでは闘牛士はマタドールだが、ポルトガルではカバレイロと呼ぶ。マタドールの意味は「殺す人」だが、カバレイロは「馬に乗る人」という意味がある。それだけでも、このふたつの国の闘牛が違うものだということがわかる。

だから、クレスカスの父であるパオロから闘牛に誘われたとき、ぼくは考えた。スペインでは何度誘われても、拒絶し続けてきたが、ポルトガルの闘牛ならば見てもいいのではないか、と。

ぼくがOKすると、パオロは顔を赤くして喜んだ。

「絶対に見てもらわないと。ポルトガル人は、サッカーと闘牛に熱中するんだ」

そう言ったあと、あわててパオロは付け加えた。

「もちろん、自転車もだが」

それを聞いて、ぼくは苦笑した。

ポルトガルでも、もちろんサイクルロードレースは盛んだ。ボルタ・アオ・アルガルベなどの有名レースもあるし、選手も多い。

だが、サッカーほどではない。ポルトガルでは誰もがサッカーに熱狂する。サッカー選手に比べれば、自転車選手の知名度など十分の一以下だろう。

もちろん、そんなことでひがんだりはしない。ぼくが生まれたのは、新聞にさえ滅多にサイクルロードレースの結果が載らない国だ。日本の自転車選手の知名度とサッカー選手の知名度を比べたら百倍くらい違うのではないかと思う。

ともかく、パオロもアマリアもいい人だった。極東からきたぼくのことを、まるで本当の息子のように気遣ってくれた。

あまり断るのも申し訳ないし、残酷なものでないのならぼくにも楽しむことができるかもしれない。そう思って、ぼくは彼らと一緒に闘牛場に行くことにした。闘牛場があるのは、カンポ・ペケーノという地下鉄駅のすぐそばだった。

リスボンの街は、首都と言ってもそれほど広くはない。一ヵ月の間、休日に観光してまわったが、たいていの観光名所は二、三日で網羅できる。だが、この駅で降りるのははじめてだった。

駅を降りてすぐ、目の前に赤茶色のイスラム建築がそびえ立っているのが見えた。

モスクを思わせるような、青く丸い屋根、美しくライトアップされ、派手な垂れ幕が下がっているのが見える。

ラテンの国の人たちは宵っ張りだ。闘牛は夜十時からはじまり、夜中一時くらいに終わるという。ファドが聴ける、カーザ・ド・ファドも同じようなものだ。

これはスペインも同じで、チームメイトに連れて行かれたクラブでは、深夜零時はまだ宵の口といった様子で、いちばん盛り上がるのは午前四時や五時になってからだった。

シエスタが一般的だった時代と違い、今では会社員は普通に九時から五時まで働いている。いったいいつ寝ているのかと、いつも不思議に思う。

まあ、ぼくもスペインには二年いた。この緩やかなリズムと宵っ張り文化には多少慣れている。

闘牛場は人であふれていた。たしかにパオロの言うとおり、闘牛は人気のあるエンターテインメントらしい。当日券を求める列ができていて、ダフ屋までいる。

案内された席は、闘牛舞台に近い上席だった。チケット代を払うと言っても、パオロは了承してくれなかったが、ここが高価な席であることは想像がつく。

アマリアとパオロと並んで席に着いた。まわりはほとんど、地元のポルトガル人のように見えた。

舞台の脇《わき》には音楽隊も並んでいる。

闘牛場がしん、としたあと、黒い牛が闘牛舞台に押し出されるように出てきた。思ったより小さい。円形の闘牛場を埋め尽くす人に怯《おび》えるかのように、きょろきょろとしている。

次に、闘牛士がふたり出てくる。古風な舞台衣装のようにきらびやかな青い服をきて、ピンク色のマントを手に持っていた。

それから出てきたのは、馬にまたがった騎馬闘牛士、カバレイロだ。

牛はまだ困惑しているように見えた。

ピンクのマントが挑発するように振られるが、あまり反応は見せない。

パオロが言った。

「牛はどんどん獰猛《どうもう》になるんだ。最初の牛は前座みたいなもんだな」

勝手に、一回だけ戦って終わりかと思っていたが、そうではないらしい。パオロに聞くと、全部で五回試合をすると言っていた。

何度も何度も挑発され、牛はやっと動き出した。闘牛士に向かって走っていくが、それでも全力というのにはほど遠い。

気が弱い牛なのかもしれない。それともポルトガルの闘牛自体がこういうものなのか。

そう考えたときだった。走ってきたカバレイロが牛の背中に、一本の銛《もり》を突き刺した。

息を呑《の》む。牛は、困惑したように足踏みをした。

黒い背中からじわりと血がにじみ出た。

銛は色とりどりのリボンで、華やかに飾り付けられていた。だが、その先端はぐっさりと牛の背中に突き刺さっている。

牛はまだなにをされたか、理解していないように見えた。

もう一度、カバレイロに向かっていく。カバレイロは、巧みな手綱《たづな》さばきで、牛から逃げた。

背中の銛が大きく揺れた。痛くはないのだろうか。

もう一度、カバレイロが走ってくる。二本目の銛が、また牛の背中を貫いた。思わず小さな声が出た。

音楽隊がファンファーレを奏《かな》で、客席からは歓声が上がる。

牛は小さく身震いをした。黒い皮膚を血が伝っていく。鉄臭い血の臭《にお》いを感じた。

カバレイロは、一度退場する。どうやら馬を乗り換えるようだ。その間、闘牛士たちがピンクのマントを翻《ひるがえ》して、牛を挑発し続けていた。

だが、牛はあきらかに怯えていた。最初よりも元気がなくなっている。

たしかにカバレイロの馬術はすばらしかった。横に移動したり、後ろに下がったり、見たことのないテクニックで、自分の足のように馬を操る。

だが、ぼくの目はそれよりも銛を突き刺された牛から離れない。

もう一本の銛が、また牛の背を貫いた。

――もうやめてくれ。

心の中で悲鳴を上げた。

あの黒い牛がいったいなにをしたというのだろう。カバレイロに向かっていくのも、挑発されたからだ。

きらびやかな中世風の衣装と、まるで祭りの小道具のような銛。だが、流れる血は間違いなく本物だった。

帰りたかった。残酷ではないとは聞いたが、ぼくにとっては充分残酷だ。だが、隣で歓声を上げているパオロたちにいやな思いはさせたくない。殺すわけではないのだから、と、自分に言い聞かせ、なるべく牛の方を見ないようにする。

だが、どうしても目を離すことができない。

牛の背には針山のように色とりどりの銛が突き刺さっていった。足取りがあきらかによろよろとしている。

やがて、カバレイロは退場した。

次に現れたのは、八人の男たちだ。彼らは八人がかりで手負いの牛に立ち向かっていく。

少しだけ息をつく。彼らは武器を持っていない。素手で牛を取り押さえようとして、はね飛ばされたり、蹴《け》り上げられたりしている。

なるほど、これだけ見ればたしかにポルトガルの闘牛が残酷ではないと言われる理由もわかる。まるでコミカルなショーのようだ。

だが、背中に突き刺さった銛が、少しずつ牛の力を奪っていることは明白だった。地面にぽたぽたと赤い血のしずくが落ちる。

手負いの牛は全身で悲鳴を上げて、男たちを振り飛ばす。まだ牛の力が勝っているとはいえ、手負いでなければ人の手で押さえ込むことなどできないだろう。

牛はあきらかに弱っていた。

鳴り響くファンファーレと歓声はどう考えてもこの状況には似つかわしくない。目と耳で受け取る情報がちぐはぐで、ぼくの頭はそれをどう処理していいのか混乱している。

パオロが叫んだ。

「どうだ、興奮するだろう！」

ぼくは笑って頷《うなず》いた。

「そうですね」

こういうときに、ぼくは自分が日本人であることを強く感じる。その場の空気には逆らえない。

やがて男たちは牛を取り押さえることに成功した。客席から歓声と、拍手が送られる。ぼくもつられるように拍手をしたが、視線は銛が突き刺さったままの背中から離れない。

これで終わりだろうか。もう解放されるのだろうか。

次に現れたのは、七、八頭の牛の群れで、手負いの牛はその群れに紛れるように舞台から退場していった。

ほっと胸をなで下ろす。まだ鼻を突く血の臭いは残っているが、とりあえずこの見せ物が終わったことに、ぼくは安堵《あんど》していた。

パオロはまだ興奮冷めやらぬといった様子で笑った。

「今の試合は牛が悪かったな。まあ最初だから仕方ない。これからもっと誇り高い牛が出てくる」

「誇り高い？」

「ああ、銛を突き刺されてもひるまず、カバレイロに向かっていく牛だ。今の牛は最初から怯えていた」

それでもこの勝負ははじめから結果が見えているものではないか。牛の勝ちなどありえない。

おそるおそる、聞いてみた。

「今の牛も、何度か試合を重ねたら、誇り高い牛になるんですか？」

パオロは少し驚いたような顔をして、そして笑った。どうやら、ぼくの質問はとんちんかんなものだったようだ。

「牛が闘牛の試合に出るのは一回だけだ。今の牛はもう使えない」

「じゃあ、どうするんですか？」

「ああ、殺すんだよ。もう使えないからな」

その後のことは、正直、あまり覚えてない。

なにか、やけくそのような思いで、牛の背中に銛が刺さるたびに、歓声を上げたり、拍手をしたりしていたような気がする。

だが、さすがに、牛に振り飛ばされた男が顔から地面に落ち、血まみれになったのを見たときは、全身から血の気が引いた。

思い出したくない記憶が甦《よみがえ》ってくるような気がした。

だが男は、自分で立ち上がり、そのまま闘牛場を出て行った。そんなことはよくあることらしく、観客たちも動揺さえしない。

世界がぐるぐるとまわる。まるで永久に回転を続ける水流の中に飲み込まれてしまったように。

誇り高い牛に挑む人間の方も命がけなのだ。そう知ったからと言って、それが何かの救いになるわけではないけれど。

親しみを感じ始めていたこの国の人々が、急に遠い存在になった気がした。ぼくはこの興行を少しも楽しむことはできない。苦痛で仕方ないのだ。

それでも、ぼくを誘ってくれたパオロやアマリアの気持ちを考えると、楽しんでいるふりをするしかない。

声を上げ、拳《こぶし》を振り上げ、身体《からだ》だけはまわりのポルトガル人の真似《まね》をした。熱狂と歓声の中、ぼくだけどこかに宙ぶらりんになっているようにしか思えなかった。

その翌日、ぼくは三十九度の熱を出して寝込んでしまった。

幸いなことに、パオロたちはぼくが寝込んだ理由を、闘牛のせいだとは思わなかった。彼らにとっては、楽しめるスペクタクルなわけだし、ぼくも興奮したふりをしていたから当然だ。

そのおかげでぼくは心置きなくベッドで休むことができた。もし、パオロたちが闘牛のせいだと気づいてしまったら、無理をしてでも起き上がり、元気なふりをしただろう。

往診にきてくれた医者は、「過労だからゆっくり休息を取れば治る」と言って、ビタミン剤だけを置いて行った。

熱は二、三日で下がったが、そのあとも食事を取ることができない。無理に食べてもすべて戻してしまうのだ。

グランツールのジロ・デ・イタリアはちょうど、その週に終わった。ぼくたちのチーム、サボネト・カクトも出場していたが、ベストメンバーを送り込んでいたわけではない。

それでも、パオロたちの息子であるルイスがステージ一勝をあげ、パオロもアマリアも大喜びしていた。ぼくはそのレースすら見ることができなかった。

エースであるミッコ・コルホネンは去年のツールの覇者であり、今年も七月のツール・ド・フランスにピークを合わせている。もちろんぼくも、小さなレースに出つつ、少しずつ調整をして、ツールでミッコのために働くことになっていた。

寝込んだのが、ツールの目前でなくてよかったと言えるが、それでもあと五週間しかない。この時期に体調を崩せば、ツールの出場メンバーには選ばれない可能性が高くなる。

気持ちばかりが焦《あせ》るが、身体はまるでガソリンの切れた車のように言うことを聞かない。

受け付けるものと言ったら、せいぜいオレンジジュースかスープのようなものだけで、それより重いものは胃が全力で拒絶するようだった。

ただただ、夢を見た。

夢の中で、ぼくはあの牛になっていた。何度も背中に銛を突き刺され、逃げたいと思うのに動けないのだ。

日本にいた頃の夢も何度も見た。苦い記憶と悔恨だけがぼくの中で濃縮され、夢にかたちを変えるようだった。

もしかすると、ぼくはもうずっと前から疲れていたのかもしれない。

多少、揉《も》まれて鍛えられたとはいえ、ぼくの本質は内気な日本人そのもので、ただ、使命感に追い立てられるように、この土地に馴染《なじ》んだふりをしていたのかもしれない。

ずっと押し殺していた心の一部が、闘牛を見たことをきっかけに暴れはじめた。そんな気がした。

監督のマルセネイロからも電話をもらい、ゆっくり休むように言ってもらったが、それでも焦りは消えない。

押さえ込まれた心の反撃は、予想外に強く、自分でもどうすることもできなかった。ただ眠り、悪夢を見てうなされ、無理に食べたものを吐く。そんな日々が一週間続いた。鏡の中の顔はげっそりとやつれ、あきらかに筋肉が落ちているのがわかった。こんなに長く自転車に乗らなかったことなどないのだ。

回復が遅れれば遅れるほど、ぼくの身体は衰えていく。五週間で元に戻せるかどうかわからない。

情けなくて、枕《まくら》に顔を埋めて泣くこともあった。

ルイス・パオロ・クレスカスが訪ねてきたのは、ぼくが寝込んで一週間過ぎた頃だった。

ぼくが使っている部屋のもとの主で、もちろんパオロとアマリアの息子である。スペイン人やポルトガル人は、ミドルネームに父親の名前をもらうことがよくある。

三十一歳、キャリアは長いのに、今回、サボネト・カクトで一緒に走ることになるまで、ぼくは彼と顔を合わせたことがなかった。

自転車ロードレース界は狭い世界だ。チームは違っていても、プロチームが出場するレースはだいたい決まっている。かならず、どこかのレースで顔を合わせることになる。話したことはなくても、だいたいの選手は顔と名前を知っている。

彼と会ったことがなかった理由はひとつ、ぼくがスペインにやってきた年に、彼が出場停止処分を受けたからだ。

ドーピングの疑いをかけられたせいだが、ルイスが否認し、裁判になったが結局処分を覆《くつがえ》すことはできなかった。

去年、やっと出場停止期間が終わったが、どこのチームも面倒を避けるかのように彼とは契約しようとしなかった。今年、やっとサボネト・カクトと契約することになったのだ。マルセネイロとは、前にも同じチームに所属していたことがあると聞く。

ルイスの両親の家にホームステイさせてもらっているくせに、彼とゆっくり話したのは、ぼくの歓迎パーティのとき以来だ。

「マルセネイロが、様子を見に行ってこい、と言うからさ」

彼は部屋に入ってくるなり、そう言った。

自発的に見舞いにきたわけではないことを、少しも隠そうとしない。ぼくなら、「気になってきてみた」とか言ってしまいそうだ。

「心配かけてすまない。自分が情けないよ」

ベッドから身体を起こすと、ルイスは窓際《まどぎわ》に置いてあった椅子《いす》を引き寄せて座った。

「いいよ、寝てろよ」

ポルトガル人らしく、2Bの鉛筆でぐりぐりと描いたような濃い顔立ちをしている。眉《まゆ》も髪も黒々としているが、日本人の黒とはその線の太さが違う。

部屋にいる姿が自然なのは、去年までここが彼の部屋だったせいだろう。むしろ、訪問者はぼくのほうだ。

「ステージ優勝おめでとう」

ルイスははにかんだように笑った。

どんなレースか見ていないが、逃げ切って勝ったのだという話は、パオロから聞いていた。グランツールでのステージ優勝は、キャリアにとって大きなプラスだ。特に、彼のように一度出場停止処分を受けた後ならば、なおさら。

「アマリアとパオロにはずいぶんよくしてもらって……」

「なあに、父親と母親には、面倒を見る息子がいたほうがいいのさ」

そう言われて、ぼくは少し笑った。

「アマリアは、チカウがきて元気になったよ。さっきも台所ではりきって鶏のスープ《カンジャ》を煮ていた」

今のぼくはアマリアのカンジャのおかげで生き延びているようなものだ。

多くの自転車選手が、ぼくをチカという愛称で呼ぶのに、ルイスはチカウと呼び続けた。

ルイスは椅子に座ったまま、しばらく黙っていた。

知り合ってから日も浅いし、お互い話すことはあまりない。ぼくも体調が悪いせいで、頭がぼうっとしている。

だが、アマリアやパオロがいい人たちであることはよく知っている。彼らの息子であるルイスもいいやつに違いない。

ルイスはやっと口を開いた。

「ポルトガルは合わないか？」

「いや、好きだよ」

それはお世辞や社交辞令ではない。訪れてすぐ、ぼくはこの国に魅了された。坂道の多い、どこか懐《なつ》かしいリスボンの町並みに惹《ひ》きつけられた。

それならなぜ、こんなことになっているのかと聞かれると、答えられない。闘牛はもちろんショックだったが、これまでもっとつらい経験を何度もした。闘牛だけが理由のはずはない。

少し考え込んでから答えた。

「だから、油断してしまったのかもしれない」

「油断？」

スペインやフランスには持っていた警戒心を、ポルトガルではゆるめてしまった。ここはぼくの国ではないのに、自分の国であるかのように感じてしまった。だからこそ、受け入れられないものを目の前にして心が衝撃を受けてしまったのだろう。

そして、それをきっかけにこれまでの無理やストレスが噴出したのかもしれない。目眩《めまい》を感じて、ぼくはもう一度横になった。体調が悪いと、いやなことばかり考える。このまま、ずっと治らないのではないかとさえ思ってしまう。さすがにそんなはずはないのに。

「……油断、か」

ぼくが使ったスペイン語の descuidarse という表現を、ルイスは繰り返した。ポルトガル語でも同じ単語を使うようだ。

「俺もそうだな。今だから言えるけど、油断していた。まさか自分の足もとを掬《すく》われることになるとは思わなかった」

はっとした。彼が話そうとしているのは、三年前のドーピング疑惑のことだろうか。

ぼくは横向けに寝ながら、ルイスの方を見た。

ルイスが処分を受けたのは、検査で薬物が検出されたからではない。そういう意味では異質な事件だった。

血液ドーピングを専門にやっていた医師が検挙され、その医師からの事情聴取でルイスの名前も出てきたのだ。彼のだという血液パックも出てきたが、ルイスはＤＮＡ鑑定を拒否した。

定められたドーピング検査には協力しているのに、ＤＮＡ鑑定まで強要されるのはおかしいという主張だった。

だが、裁判で彼の訴えは退けられ、自転車競技連盟は彼に二年間の出場停止処分を与えた。

もともと、その医師のところには持病の花粉アレルギーの相談などで出入りしていたらしい。インタビューでは一貫して、彼は「だれかのスケープゴートにされたのだ」と主張していた。

その事件を聞いたときは、ルイスのことを直接知らなかったこともあり、「違うと主張するのなら、DNA鑑定を受ければいいのに」と思っていた。

だが、よく考えれば証明の義務があるのは、「彼が血液ドーピングをした」と主張する側ではないだろうか。潔白を訴える側が証明のためにDNA鑑定を受けなければならないというのは、少し違う気がする。

DNA鑑定も完璧《かんぺき》ではなく、ごくわずかな確率だが誤りがあるとも聞く。彼の主張もわからなくはない。

もちろん、ぼくには、彼が本当に血液ドーピングに手を染めたかどうかはわからない。だが、もしそうでも、彼はそれに対する処分を受けたわけだし、そしてこうやって返り咲いて勝った。

彼だけではなく、彼の両親とも親しくなった今では、「やってない」ということばを信じたいと思っている。

太陽が、雲に隠れ、部屋が急にうら寂しくなる。

この部屋は日当たりがいいが、それでも日が陰ると急に薄暗くなる。窓の方に目をやらなくても、外の天気がわかる。

　また口をつぐんでしまった彼に、ぼくは戸惑う。

　もう終わったことだから忘れろ、というのはあまりにも無責任だ。彼がやってなかったとしたら、三年間を棒に振った痛みが消えることはないだろう。たとえ、華やかなステージ優勝をあげても同じだ。

　出場停止処分だけではない。処分の期間が明けても、一年間どのチームからも声をかけてもらえなかった。その絶望感はたしかな現実味を帯びて、ぼくの前にも存在する。

　他人事《ひとごと》ではない。いつ同じことがぼくに降りかかるかもしれない。

　彼はまだぼんやりと壁を見つめていた。ぽつり、と言う。

「俺は忘れないよ」

　苦しかったことか、それとも自分を陥《おとしい》れようとした医師への恨みか。

　悔恨や痛みが、なにかのエネルギーになることはぼくも知っている。それは決して幸せなことではないのかもしれないが、痛みに囚《とら》われたまま動けないよりもまだマシだ。

　ぼくは、またゆっくり身体《からだ》を起こした。そして言う。

「でも、勝ったじゃないか」

ぼくはまだステージ優勝をあげたことがない。それはぼくにとって、今いちばん手を伸ばしたい目標だ。

もちろん、ぼくの使命はアシストで、エースを勝たせるために身を粉にして働くことだ。だが、アシストが役目から解き放たれて、自由に走ることができるステージやレースもたまにある。そのときに、本当に自分のために走って、ゴールに真っ先に飛び込みたい。

どうしてだろう。昔はそんなふうに考えたことはなかったのに、最近ではそのゴールの眩《まぶ》しさを味わってみたい気持ちになっている。

ぼくの中でなにかが変わりはじめているのかもしれない。

ルイスはやっと、表情を和らげて笑った。

「そうだな」

「ぼくはルイスを信じるよ」

無責任かもしれないが、ぼくはそう言った。彼は一瞬驚いた顔をしたが、すぐにくしゃくしゃの笑顔になった。

浅黒い肌に対照的な白い歯がのぞいた。

翌日からぼくの体調は好転した。カンジャにパスタを入れたものを、昼に食べることができて、戻すこともなかった。夜には空腹感さえ戻ってきて、米飯を、日本から持ってきた梅干しと海苔《のり》で少しだけ食べた。

食事が取れるようになってからはあっという間だった。三日後には、量こそ控えめにしたものの、アマリアの作ってくれるポルトガル料理を食べられるようになっていた。

その翌日、ぼくは十日ぶりに自転車に乗って、家を出た。ひさしぶりに坂道を上るとペダルが重くなっていて、筋肉が落ちていることがよくわかった。だが、不思議といやな感覚はなかった。まるで内臓をすべて洗い晒《ざら》しにしたような爽快感《そうかいかん》がある。医学的なことはわからない。だが身体が軽いのは、体重が減ったからというだけではない。

熱や食べられなかったことや、今までにないほど眠り続けたことが、すべてぼくの身体にプラスになっているような気がした。

二週間後、ぼくはミッコ・コルホネンと一緒にフランスのポーという街にいた。

バスク地方、ピレネー山脈のそばにある街で、ここを拠点に今年のツール・ド・フランスのピレネーステージを試走する予定だった。

去年はアルプスがツール後半に組み込まれ、最大の勝負所となったが、今年は時計回りにフランスを一周する。

自然と後半の勝負所はピレネーになる。

試走することは、すでに前から決まっていた。その日までに体力が回復するかどうかが不安だったが、どうやら問題はなさそうだった。

ポーのホテルで、ひさしぶりにミッコと再会する。彼はぼくを見て、無愛想な顔を少しほころばせた。

「痩《や》せたな。大丈夫か」

「うまく絞れたんだ。山岳ステージはまかせてくれ」

もちろん、これは軽口だ。

だが、感触は悪くない。ほぼ完全に体調は戻りつつある。

ぼくたちはポーの街から、ピレネーに向けて出発した。チームマネージャーのヤンセンが車で追走してくれている。

山の空気はひさしぶりだ。息を吸うたびに、細胞が歓喜に震える。

坂の多いリスボンで生活しているせいか、上り坂が前よりも得意になったような気がした。

スポンサーに提供された新しい自転車もなかなかいい。ギアの切り替えもシルクのようになめらかだ。

ミッコが息を吐いて笑った。

「なに？」

「いや、楽しそうに走るな、と思った」

「そうだね、楽しいよ」

寝込んでいる間、ずっと自転車に乗りたかった。マシンと一体になり、風に乗るように走りたかった。終わりのない苦しい山道でさえ、愛《いと》おしかった。

最近、特に思う。結局のところ、ぼくは自転車で走ることだけが楽しいのかもしれない、と。

アシストとしての使命感も、ヨーロッパのプロツアーで走っているという自負も二の次で、ただペダルを踏んで風を感じることがうれしくて、ここにいるのかもしれない。

汗の滲《にじ》んだ額を、風がなぶっていく。ぼくは息を吸い込んだ。

帰って、ポーのホテルで夕食を取っているとき、ヤンセンの携帯電話が鳴った。

液晶画面を見たヤンセンが言った。

「マルセネイロからだ」

たぶん、試走の調子を聞きに連絡してきたのだろう。

ぼくだけではなく、ミッコもかなり調子がいいようだった。山岳強化のため、トリノに家族ごと引っ越したことが、効果に繋《つな》がっている。

ヤンセンは電話に出た。

「ハロー、マルセネイロ。北部戦線異状なしといったところだ」

冗談を言っていたヤンセンの顔から笑いが消えた。

「なんだって……嘘《うそ》だろう？」

ぼくとミッコは視線を合わせた。あきらかに悪いニュースだ。

「わかった。ああ、これからすぐに行く」

電話を切ったヤンセンは、ぼくとミッコの顔を見た。ミッコが促す。

「どうかしたのか？」

「ジロでAサンプル陽性が出た」

ぼくは息を呑《の》んだ。つまり、サンプルから薬物が検出されたということだ。もうひとつ、別の検査機関で検査しているBサンプルの結果が出ないと名前は発表されないが、一度ポジティブになった結果が覆《くつがえ》る可能性は低い。

「うちのチームか」

身を乗り出してミッコが尋ねる。ヤンセンは厳しい顔のまま頷《うなず》いた。

「ルイスだ」

一瞬、聞いたことが信じられなかった。

「なん……だって？」

彼は出場停止処分を解除され、やっとサボネト・カクトと契約できたところなのだ。またドーピングに手を染めるはずはない。

あの日、ベッドで横たわりながら見た彼の横顔が忘れられない。あのときの彼は、殉教者のような苦悩に満ちた顔をしていた。

「なにかの間違いじゃ……」

ぼくのことばを遮るように、ミッコが言った。

「解雇しろ。チームぐるみだと思われるのがいちばん困る」

「そうなるだろうな。マルセネイロもそのつもりだ」

ヤンセンもそう答えた。思わず尋ねた。

「Bサンプルの結果待ちじゃ……」

「二度目だ。考慮する必要はないだろう」

ミッコはばっさりと切り捨てるように言った。

「一度目は、彼は否認している」

ぼくのことばに、ミッコは首を横に振った。

「この状況で、誰が信じる？」

浮き上がりかけた腰が、椅子《いす》の上に落ちた。

たしかにそうだ。一度目の事件で彼の訴えを信じていた人も、今度は見放すだろう。

それなのに、なぜ薬物に手を出したのか。

それとも、今度も濡《ぬ》れ衣《ぎぬ》なのか。二度も冤罪《えんざい》をかけられるなんてことがあるのだろうか。

そして気づく。いちばん合理的な答えはたったひとつ。一度目も、彼はやっていた。ヤンセンは携帯電話で、翌朝の飛行機の予約をしている。リスボンに戻るようだった。

パオロとアマリアはどうしているのだろう。そう思うと戻りたいような気もするが、ぼくの役目はミッコと一緒に試走することだ。

テーブルの重い空気など関係なく、ギャルソンがメインのステーキを運んでくる。

ミッコはナイフとフォークを手に取った。

「心配するな。もし、Bサンプルが陰性ならば解雇を取り消せばいい」

「そんなことがあると思う?」

ミッコは黙って、首を横に振った。

ラパにある家に帰り着いたのは、三日後のことだった。

家の前に立っただけで、その家が悲しみにうちひしがれているのがわかる。

古い家のインターフォンを押すと、ドアが開いて、アマリアが出てきた。

いきなり抱きしめられた。赤くなった顔で、アマリアがずっと泣き崩れていたことがわかる。ぼくはアマリアの背中を抱いた。

「泣かないで、アマリア」

顔を上げると、パオロが階段の中程からぼくを見下ろしていた。

「ずっと息子のことを信じていたんだがな……」

自分と同じ名前の自分の息子。信じないはずはない。

アマリアが声を上げる。

「ルイスはずっと違うって言っている。なにかの間違いよ！」

すでにBサンプルも陽性の判断が下された。ルイスはサボネト・カクトを解雇された。たぶん、永久出場停止の処分が下るのも時間の問題だ。

こうなったからには、ぼくはここにいるべきではないのだろう。

心の中ですでに覚悟は決めていた。すぐにでも部屋を探して出て行こう。

アマリアを支えるように、ぼくはリビングに向かった。

「コーヒーでも淹《い》れようか？」

そう言うとアマリアは首を横に振った。

「いいえ、わたしが淹れるわ。ごめんなさい。チカは帰ってきたばかりなのに」

リビングに入ると、ソファにミシェルが座っているのが見えた。ポルトガル人にしては珍しく金髪の、ルイスの妻だった。彼女も憔悴《しょうすい》したような顔をしていた。

ぼくはミシェルの前に腰を下ろした。

「ルイスは？」

「どこに行ったかわからないの……姿を消してしまって……」

ミシェルは顔を手で覆《おお》った。

「どうしてなの？ドーピングなんてどうだっていいのに。自転車界のルールを破ったってだけでしょう。人を殺したわけじゃないのに、どうしてこんなに糾弾されなきゃならないの？」

それは偽りのないミシェルの本音なのだろう。

「知り合いや友達のところには？」

「知っているところは連絡を入れたわ。でもどこにもいない……」

彼が無事であるかどうかがいちばん心配だ。自殺などはしないと思うが、どこにいるか確認するまでは安心できない。

「携帯電話は？」

「出てくれないの……」

ミシェルは傍らに置いてあった分厚いファイルを、ぼくに差し出した。

「彼のクローゼットで見つけたの。見て」

受け取って開く。新聞や雑誌のスクラップだった。だが、丁寧に日付に沿って切り抜いて貼《は》られている。

最初の方はリザルトの切り抜きだけだった。ルイス・パオロ・クレスカスという名前に赤いラインが引かれていた。

リザルトだけがしばらく続いたかと思うと、写真が現れた。ポディウムの左端でルイスが笑っていた。新聞らしき、モノクロの変色した写真。日付は六年前だ。

だいたいわかってきた。これは、ルイスの選手としての記録なのだ。

彼がこんなに几帳面《きちょうめん》な性格だとは知らなかった。

インタビューの記事が増え、写真もどんどん増えていく。ポディウムの真ん中で笑っている写真もいくつもあった。

ファイルを半分ほどめくったとき、そこに長文の記事が現れた。添えられた写真は、ルイスがうつむいて建物の中に入っていく姿だった。

読まなくてもわかる。三年前のドーピング疑惑事件の記事だ。

その先の記事は、すべてその事件に関わるものだった。扇情的に煽《あお》る記事もあれば、冷静を装《よそお》って分析する記事もあった。

それまでは書き込みなどなかったのに、記事の横に「畜生」だの「死んじまえ！」

だの書かれている文字が目に飛び込んでくる。

ぼくはミシェルに尋ねた。

「これは？　ルイスの字？」

ミシェルはハンカチで口もとを押さえながら頷いた。

これはルイスの歴史だった。怒りに震えながら、ルイスはそれでもスクラップし続けることをやめられなかった。

記事は、ポルトガル語だけではなく、英語、フランス語、オランダ語など多岐にわたっていた。目を惹《ひ》くための見出しと、読みやすく整えられたレイアウト。

ふいに、血の臭《にお》いを感じた。あのとき、黒い牛の背中に突き立てられた色とりどりの銛《もり》。

闘牛場だ、と思った。

刃物ではなく、ことばの。

何本も、何本も途絶えることなく。牛は血を流し、苦しみ悶《もだ》える。

記事はだんだん小さくなっていき、やがてスクラップは終わった。

ぼくはぼんやりとファイルの黒い台紙を眺めていた。

ドーピングを擁護するつもりはない。一度目が冤罪だったのかは、まだぼくにはわからない。

だが、それでもルイスの苦悩はわかった。煽られ、傷つけられ、嘲笑《ちようしよう》され、蔑《さげす》まれる。戻りたかったはずだ。曇りのない、ポディウムの上の自分へと。

その思いが強ければ強いほど、誘惑は心の隙間《すきま》に忍び込む。自分を見失ってしまう。

ふいに、ミシェルの携帯電話が鳴った。

ミシェルは飛びつくように電話に出た。

「ルイス？　ルイスなの？」

アマリアもパオロも、固唾《かたず》を呑んでミシェルの返事を待っている。

「ああ、よかった。無事だったのね。ええ、今、アマリアとパオロと一緒にいるわ。

チカもここに。ああ、愛してるわ。ルイス」

ミシェルは怪訝《けげん》な顔をした。それから、ぼくに携帯電話を差し出した。

「ねえ、チカ。ルイスがあなたと話したいって」

「わかった」

緊張しながら受け取る。

「チカウ……」

ルイスの疲れ切ったような声が電話から聞こえてくる。

「なあ、ルイス。帰ってこいよ。ミシェルもアマリアも泣いてばかりだ。きみのことを心配している」

「チカウ……本当にやってないんだ……一度目は……」

ぼくは目を閉じて息を吐いた。

「信じるよ」

電話の向こうで嗚咽《おえつ》が聞こえた。

「なあ、帰ってきてアマリアのカンジャを飲んで、それからミシェルとこれからのことを相談すればいい」

ルイスは小さな声で言った。

「わかった」

ぼくは電話をミシェルに返した。それから立ち上がって、祈るように手を握り合わせているアマリアを抱きしめた。

「アマリア、ルイスのためにカンジャを作ってあげて」

これからぼくは、荷物をまとめてこの家を出るだろう。

部屋を元の持ち主に返すために。

解説 どん底の苦しみの中、「生き抜く」ということ

栗村 修

自転車ロードレースという、ヨーロッパで100年以上の歴史を誇る一流プロスポーツを題材とした小説。

そのリアリティは、この世界でずっと生きてきた私が読んでも、違和感を微塵《みじん》も覚えないほど非常に高い。違和感どころか、自分たちの活動や心のなかを全《すべ》て読まれてしまっているようにすら思える。

本場ヨーロッパで、トッププロが集まるプロトン（レースのメイン集団）に認められた日本人選手、白石誓。

白石と同期ながら、国内チームに所属して夢を追う全日本チャンピオン、伊庭和実。

この二人の一世代前の選手として、遠い夢を追った孤高のクライマー、石尾豪。

私は、この三人の主人公たちに感情移入してしまう。

ただ、強いて言うならば、世界のトップレベルを知った白石の気持ちを知ることは

できない。

なぜなら、私はヨーロッパでプロになったものの、たった1年で日本の実業団チームに戻ってきたため、プロのトップレベルの世界をみることができなかったからである。

それでも、17歳の時にフランスへ渡り、ツール・ド・フランスを夢見てひたすらペダルを踏み続けてきた情熱は、ロードレーサーなら誰もが持つ共通のものであることに変りないだろう。

自転車ロードレースは、人生を象徴しているスポーツだとこれまで何百回と繰り返し感じてきた。光と影、そして闇《やみ》の部分を持ち、理屈では説明できない強力なモチベーションに突き動かされた男たちが、文字通り、命と人生を賭《か》けてこの世界で自らを表現し続けている。

人生とは、信仰し、行動し、喜び、悩み、悲しみ、そして解決できない矛盾との戦いを延々と繰り返すものだと、ロードレースに教えられた。

そんななかで、唯一《ゆいいつ》、前に進み続けるために有効な解決策は、現実を受け入れ、僅《わず》かな希望の光を見付けて立ち上がり続けること。本当の意味での、答えやゴール、勝利などない。ただ、立ち上がり続けることが、勝利することなのだと……

この小説の特徴的な部分、それは、国内で活動する日本人選手たちの心までも、恐ろしいほど的確に捉《とら》えているところである。

自転車ロードレースは、ヨーロッパにおいて、サッカーの次にメジャーなスポーツだといわれている。当然、一流プロ選手たちは億単位の報酬を受取り、メディアに追われ、時にはゴシップ記事の標的になることとさえある。

しかし、日本においてはまだマイナーであり、世界を目指して活動している日本人選手たちは、このスポーツが生み出す苦しみと戦うとともに、なぜ自分は命を賭けてまで日の当たらない場所で努力を続けているのか？という矛盾とも向き合わなければならない。これは、日本に生まれ、そして日本人として本場のプロを目指した者にしか分からない苦しみだ。

理解者、共感してくれるひと、そんな言葉とは無縁で、自らの肉体を削り込んでいく日本のロードレーサーたち……。著者の書くロードレース小説は、そんな孤独なレーサーたちの努力を、ある意味で救ってくれる存在なのかもしれない。

また、日本のロードレース界が、近年世界レベルに近付いている現在の状況は、過去にチャレンジを繰り返してきた先人たちの努力の結果であることも、きちんと書かれている。

努力すること、チャレンジすること、そして、何度でも立ち上がれるということ。現在の日本の社会が忘れかけている、人が生きることの本質を、自転車ロードレースというスポーツを通じて表現した作品として私はこの本を読んだ。

私がヨーロッパで選手だったときには、孤独感に打ちひしがれ、自分の夢と、残酷な現実の間で、何度も精神的どん底に落ちたことがある。もし、この小説があのとき自分のスーツケースに入っていたならば、私の選手人生は、もう少し長く、そしてもう少し輝いたものになっていたかもしれない。

ギリギリの世界で生きる者たちの心は、鋼《はがね》のように強く、そしてガラスのように脆《もろ》い。著者の洞察力は、そんな彼らの心を完璧《かんぺき》に捉えている。

最後にもう一度言いたい。自分が現役時代にこの作品を読みたかった、と。

（「波」二〇一一年七月号より再録、元プロ自転車ロードレース選手）

この作品は二〇一一年六月新潮社より刊行された。

近藤史恵著　サクリファイス
大藪春彦賞受賞

自転車ロードレースチームに所属する、白石誓。欧州遠征中、彼の目の前で悲劇は起きた！　青春小説×サスペンス、奇跡の二重奏。

近藤史恵著　エデン

ツール・ド・フランスに挑む白石誓。波乱のレースで友情が招いた惨劇とは――自転車競技の魅力疾走、『サクリファイス』感動続編。

近藤史恵著　キアズマ

メンバー不足の自転車部に勧誘された正樹。走る楽しさに目覚める一方、つらい記憶が蘇り……青春が爆走する、ロードレース小説。

星新一著　マイ国家

マイホームを〝マイ国家〟として独立宣言。狂気か？　犯罪か？　一見平和な現代社会にひそむ恐怖を、超現実的な視線でとらえた31編。

星新一著　妖精配給会社

ほかの星から流れ着いた〈妖精〉は従順で謙虚、ペットとしてたちまち普及した。しかし、今や……サスペンスあふれる表題作など35編。

星新一著　宇宙のあいさつ

植民地獲得に地球からやって来た宇宙船が占領した惑星は気候温暖、食糧豊富、保養地として申し分なかったが……。表題作等35編。

新潮文庫の新刊

原田ひ香著
財布は踊る
人知れず毎月二万円を貯金して、小さな夢を叶えた専業主婦のみづほだが、夫の多額の借金が発覚し――。お金と向き合う超実践小説。

沢木耕太郎著
キャラヴァンは進む
―銀河を渡るI―
ニューヨークの地下鉄で、モロッコのマラケシュで、香港の喧騒で……。旅をして、出会い、綴った25年の軌跡を辿るエッセイ集。

信友直子著
おかえりお母さん
ぼけますから、よろしくお願いします。
脳梗塞を発症し入院を余儀なくされた認知症の母。「うちへ帰ってお父さんとまた暮らしたい」一念で闘病を続けたが……感動の記録。

角田光代著
晴れの日散歩
丁寧な暮らしじゃなくてもいい！　さぼった日も、やる気が出なかった日も、全部丸ごと受け止めてくれる大人気エッセイ、第四弾！

沢村凜著
紫姫の国（上・下）
船旅に出たソナンは、絶壁の岩棚に投げ出される。そこへひとりの少女が現れ……。絶体絶命の二人の運命が交わる傑作ファンタジー。

太田紫織著
黒雪姫と七人の怪物
―最愛の人を殺されたので黒衣の悪女になって復讐を誓います―
最愛の人を奪われたアナベルは訳アリの従者たちと共に復讐を開始する！　ヴィクトリアン調異世界でのサスペンスミステリー開幕。

新潮文庫の新刊

隆慶一郎著
花と火の帝（上・下）
皇位をかけて戦う後水尾天皇と卑怯な手を使う徳川幕府。泰平の世の裏で繰り広げられた呪力の戦いを描く、傑作長編伝奇小説！

一條次郎著
チェレンコフの眠り
飼い主のマフィアのボスを喪ったヒョウアザラシのヒョーは、荒廃した世界を漂流する。愛おしいほど不条理で、悲哀に満ちた物語。

大西康之著
起業の天才！
—江副浩正 8兆円企業リクルートをつくった男—
インターネット時代を予見した天才は、なぜ闇に葬られたのか。戦後最大の疑獄「リクルート事件」江副浩正の真実を描く傑作評伝。

徳井健太著
敗北からの芸人論
芸人たちはいかにしてどん底から這い上がったのか。誰よりも敗北を重ねた芸人が、挫折を知る全ての人に贈る熱きお笑いエッセイ！

永田和宏著
あの胸が岬のように遠かった
—河野裕子との青春—
歌人河野裕子の没後、発見された膨大な手紙と日記。そこには二人の男性の間で揺れ動く切ない恋心が綴られていた。感涙の愛の物語。

帚木蓬生著
花散る里の病棟
町医者こそが医師という職業の集大成なのだ——。医家四代、百年にわたる開業医の戦いと誇りを、抒情豊かに描く大河小説の傑作。

サヴァイヴ

新潮文庫　こ－49－3

平成二十六年六月一日発行
令和七年一月二十日三刷

著者　近《こん》藤《どう》史《ふみ》恵《え》

発行者　佐藤隆信

発行所　株式会社　新潮社

郵便番号　一六二―八七一一
東京都新宿区矢来町七一
電話　編集部(〇三)三二六六―五四四〇
読者係(〇三)三二六六―五一一一
https://www.shinchosha.co.jp

価格はカバーに表示してあります。

乱丁・落丁本は、ご面倒ですが小社読者係宛ご送付ください。送料小社負担にてお取替えいたします。

印刷・大日本印刷株式会社　製本・加藤製本株式会社

ISBN978-4-10-131263-7 C0193